MERIDIANE

Aus aller Welt

Band 36

MATTHIAS ZSCHOKKE

# *Ein neuer Nachbar*

AMMANN VERLAG

Der Autor dankt der Schweizerischen Kulturstiftung PRO HELVETIA
für die Unterstützung seiner Arbeit.

Autor und Verlag danken dem Aargauer Kuratorium
für die großzügige Unterstützung bei der Drucklegung dieses Buches.

Erste Auflage
Im 20./21. Jahr des Ammann Verlags

Homepage: www.ammann.ch
Satz: Gaby Michel, Hamburg
Druck und Bindung: Clausen & Bosse, Leck
ISBN 3-250-60036-9

*Ich gehe gern umher, zwischen Häusern, über Land, an Küsten entlang.*

Matthias Politycki
(Berlin, am 8.12.02)

## Am Meer

Gestern noch saß er auf der Hotelterrasse, schaute der Sonne zu, wie sie im Meer versank, versuchte, etwas dabei zu empfinden, Poetisches, Melodiöses, doch er sah nur die Kugel wegtauchen und war gleichmütig; dann stand er auf, und sie gingen zusammen essen, einen gegrillten Fisch mit Knoblauch und Bratkartoffeln, Salat, dazu tranken sie Wein; dann verließen sie das Restaurant, er schaute in den schwarzen Himmel, sah zwei, drei Sternschnuppen fallen, dachte daran, daß er sich bei der nächsten etwas wünschen sollte, überlegte, was er sich denn wünschen könnte, betrachtete das Gefunkel, sah keine weitere Sternschnuppe fallen; sie schlenderten am Ufer entlang zurück, legten sich ins Bett, hörten dem Meer zu und freuten sich aufs Einschlafen. Am folgenden Morgen war er kalt. So schnell geht das.

Sie war immer ruhig, wenn er draußen auf der Terrasse saß und der Sonne zuschaute oder den Sternen. Er guckte übelgelaunt und langweilte sich; zu Himmelskörpern fiel ihm nichts ein. Eigentlich saß er nur da, weil er nichts anderes mit sich anzufangen wußte. Er wartete auf sie, auf ihre Vorschläge. Und wenn es ihm zu lange dauerte, wurde er plötzlich wütend, sprang auf und rief hinein, er warte nicht mehr länger, er wisse, wie eine Sonne untergehe, er kenne das Meer, sie solle endlich voranmachen. Er trat ungeduldig an die Brüstung, ging auf und ab, drängelte, und sie mußte sich schnell anziehen und mit ihm das Zimmer verlassen.

Doch schon im Treppenhaus verlangsamte er seine Schritte und wußte nicht weiter. Dann schaute er sie mißmutig an und erwartete, daß sie die Richtung vorgebe; kaum waren sie draußen ein paar Meter weiter gegangen, verlangte er, daß sie ihm erzählte, was sie tagsüber gedacht hatte. Ihre Sätze kommentierte er kaum. Er ging bloß neben ihr her und starrte mürrisch übers Meer. Und wenn sich im Gebüsch etwas regte, blieb er stehen, beugte sich vor, hielt den Atem an und versuchte herauszufinden, was da raschelte. Egal, ob sie gerade mitten in einem Satz steckte, er hörte ihr nicht weiter zu, um – wie nicht anders zu erwarten – jeweils eine Eidechse zu entdecken oder einen kleinen, grauen Vogel, irgendein alltägliches Tier halt, das an Straßenrändern, unter Sträuchern seine Zeit verbringt.

Jetzt sitzt er nicht mehr draußen auf der Terrasse, um der Sonne zuzuschauen, wie sie im Meer versinkt; und sie weiß nicht mehr, was die Terrasse soll, was die Sonne soll, das Meer – das kommt ihr alles leer vor, ohne Sinn, denn es muß doch von einem gesehen werden, wenn es etwas sein will.

Sie hat in der Rezeption angerufen und gesagt, ein Toter liege da. Im Nu standen zwei Männer vor der Tür, ihr kam es vor wie in Sekunden, legten ihn auf eine Bahre, zogen das Bett ab, räumten seine Sachen beiseite; sie mußte ein, zwei Formulare unterschreiben, dann trugen die Männer den Leichnam weg, und alles war verschwunden; nicht einmal der helle Fleck blieb zurück, der auf einer Tapete sichtbar wird, wenn man ein Bild entfernt – es war, als sei er nie gewesen.

Seit einiger Zeit hatte sie ihm ihre Gedanken nur noch ungern mitgeteilt; dauernd wurde sie aufgeschreckt vom

Empfinden, sich zu wiederholen – das war ihr entsetzlich. Sie wurde heiser beim Sprechen, weil sie sich ärgerte über ihr vermeintlich ewiggleiches Geschwätz. Sie ließ mitten im Satz ein Wort aus, von dem sie überzeugt war, es eben gerade benutzt zu haben; sie brach die Sätze ohne Erklärung ab, weil sie den Eindruck hatte, den gleichen Gedanken vor kurzem erst geäußert zu haben; was sie sagte wurde unverständlich, hingemaulte Brocken, schlecht artikuliert, weil ihr zunehmend auch einzelne Buchstaben und Laute verbraucht vorkamen und sie sie nicht mehr über die Lippen bringen mochte. Ihm war das egal. Er blieb gleichmütig und ging darauf nie ein. Ihm war es einerlei, ob sie dumm, klug oder zweimal dasselbe sprach. Nur schweigen durfte sie nicht.

Jetzt darf sie schweigen, endlich, wird nicht mehr genötigt, ihre Erkenntnisse daherzuleiern, die ihr abgenagt und dürftig vorkommen – aber das erleichtert sie nicht. Es war ein eintöniges Leben mit ihm. Er hockte herum und wartete darauf, daß sie ihn unterhielt, und sie redete notgedrungen. Jetzt ist er weg, und sie sitzt schweigend da. Die Terrasse ist häßlich, eine große Zahnlücke, das Meer stinkt zur geöffneten Tür herein, sie hat keine Gedanken, es wird dunkel, sie empfindet nichts, ein Vogelschwarm zieht durch den Himmel, die Bäuche glitzern silbern, ein Schwarm Fische, und sie weiß nicht, ob jetzt die Zeit gekommen ist, essen zu gehen; er hatte den Tagesablauf bestimmt; wenn er unruhig wurde, war die Zeit gekommen aufzubrechen. Jetzt ist schwarze Nacht, sie weiß nicht, ob sie Hunger hat. So schnell geht das.

# Da Sie gerade vom Sterben reden

Ein lachender Dritter – um nicht zu sagen Freund, da dies ein Wort ist, das nicht zu häufig verwenden sollte, wer glaubwürdig bleiben will – hat sich ein verlottertes Haus gekauft und ausbauen lassen. Darin wolle er von nun an wirken und werken, Holz aufschichten und im Kamin vernichten, Fenster abdichten, Fotos sichten und mich manchmal zu sich einladen und bewirten bis zu seinem Tod, sagte er. Danach möchte er verbrannt werden. Er hat gern Ordnung und liebt es, keinen Schmutz zu hinterlassen. Eine besonders schöne Vorstellung ist für ihn sein eigener Spätherbst, in dem er Saft und Blätter verloren und sich der Geruchlosigkeit und Reinheit in beinahe vollkommener Weise angenähert haben wird. Zur Einweihung seines fertiggestellten Hauses gestand er: Ich wollte immer unter einem Dach leben, das sich öffnen läßt wie die der italienischen Kinos, und wenn dann der Schnee zu fallen beginnt, geschieht das nicht auf der Leinwand, sondern echter, kalter Schnee fällt lautlos durch sämtliche Stockwerke hinunter, durch meine Räume und Zimmer, an der dampfenden Badewanne und den Kochtöpfen vorüber, hinab bis in meine Schuhe, und am Morgen könnte ich nicht mehr zur Tür hinaus, eingeschneit von innen. Leider ist es mir nicht gelungen, die Dachfenster so konstruieren zu lassen, daß das möglich ist. Ich fürchte, im äußersten Fall wird es bei etwas Schmelzwasser bleiben, das müde nach unten tropft und die Steine des Fußbodens mit den Jahren höhlt. – Sie geben zu, so reden nur wahre Freunde?

Für mich selbst stelle ich mir reizvoll vor, nach meinem Ableben in einen unbedeutenden Fluß geworfen, von ihm mitgespült, irgendwo hingetrieben, an ein Ufer geschwemmt und dort von einem spielenden Knaben entdeckt zu werden, ein Anblick, der diesem möglicherweise einen phantastischen Schrecken einjagen, ein bleibendes Glück, ein abenteuerliches Grauen bescheren würde, das ihm seine Tage monatelang ausfüllen könnte mit Glanz, Furcht, Entsetzen und Lust. Er würde mich mit einem abgebrochenen Ast anstupsen, ich gäbe glucksende Geräusche von mir, vielleicht würde er mich sogar anfassen mit seinen kleinen, heißen Fingern, würde mein eines Augenlid hochheben und mich mit Sorgfalt und wissenschaftlicher Akribie untersuchen. Der Gestank, der mir entströmte, wäre ihm das Parfüm der Abgründe, der Wildnis, des Rauschs. Er würde mich ein paar Tage lang hüten wie seinen wertvollsten Schatz. Dann würde er mich vielleicht seinem einzigen Freund vorführen und mir mit diesem gemeinsam, mit Hilfe von Stöckchen, in den Mund und in die Nase fahren. Später würden die beiden gute, rechtschaffene Familienväter …

Da Sie gerade vom Sterben reden, fällt mir ein, daß ich, als ich einmal glaubte, mein letztes Stündlein habe geschlagen, diese Tatsache im selben Augenblick kopfschüttelnd und mit geradezu weltmännischer Gelassenheit hinnahm. Ich war jung, hatte gerade die Fahrprüfung bestanden und mir ein billiges, gebrauchtes Auto gekauft, mit dem ich meine erste Reise in den Süden unternahm, begleitet von einer noch jüngeren Freundin – was Sie eben zum Wort Freund gesagt haben, unterstütze ich, benutze dessen weibliche Form hier auch bloß der Einfachheit halber – ohne Führerschein. Sie kam sich deswegen irgendwie unfrei vor und von mir abhängig, hielt das kaum aus und drang so lange in mich, sie auch einmal ans Steuer zu lassen, bis ich schließlich widerwillig nachgab. Wir wechselten die Plätze an einer steilen Küste hoch über dem Meer. Die Straße schlängelte sich in Serpentinen nach unten. Kaum fuhren wir los, kam uns ein Auto entgegen. Die Straße war sehr eng. Meine Freundin rief entsetzt Schutzi (oder Schmutzli oder Sprutzi oder so etwas), ließ das Lenkrad los und hob die Füße in die Höhe. Ich murmelte mit der grimmigen Befriedigung, recht gehabt zu haben, als ich sie nicht ans Steuer lassen wollte: na ja, das war's dann wohl. Der Wagen fuhr ins Leere. Vor uns breitete sich der weite, helle Himmel aus. Es wurde still, das dunkle Blau des Meeres tauchte auf, und ich war absolut überzeugt, nun sterben zu müssen, während mich einzig und allein der schadenfrohe Gedanke beschäftigte, diese Art Tod sei lächerlich und meine Freundin sei schuld daran. Dann gab es einen heftigen Rumms, ich rutschte unter die Armaturen und schlug hart auf. Es folgte absolute Ruhe. Nach einigen Sekunden begannen wir uns zu rühren. Ich kroch ans Licht, hatte einige Schrammen und einen stark verstauchten Knöchel, meine Freundin war unversehrt. Die Zikaden begannen wieder zu schnarren. Unser Wagen war von einer Pinie aufgefangen worden. Er hing beinahe senkrecht in der Wand. Zehn Meter weiter oben tauchte zögerlich ein bleicher Kopf neben dem anderen auf, die Insassen des entgegengekommenen Autos, die fürchteten, den Anblick eines tief unten zerschellten, blutverschmierten, rauchenden Trümmerhaufens erblicken zu müssen. Zitterig kletterten wir die Klippe hinauf, uns an Wurzeln und Steine klammernd, von oben mit Seufzern und Stoßgebeten angefeuert. Die ganze Zeit dachte ich nur immer wütend, das geschieht dir recht. Damit meinte ich meine damalige Freundin. Die Geschichte fiel mir ein, weil Sie eben vom Sterben geredet haben. Ich glaube, keiner glaubt so recht daran, sterblich zu sein. Wir bleiben bis zum letzten Atemzug dumm, uneinsichtig, verblendet. Und wenn uns das Eis nicht geschmeckt hat, das wir aßen, bevor unser Mörder vor uns trat und mit dem Messer auf unser Herz zielte, dann werden wir uns, während er zusticht, höchstens darüber ärgern, daß so ein jämmerliches Eis nun unser letztes gewesen sein soll...

Wie ich das Überflüssige liebe. Ich vermute, hinter ihm hält sich die Weisheit verborgen, die heutzutage einen schlechten Ruf genießt; man macht sich über sie lustig; zu Unrecht, wie ich meine. Wann immer ich kann, begebe ich mich deswegen in langweilige Situationen wie diese hier, wo überflüssige Geschichten erzählt werden. Irgendwann einmal wird es mir vielleicht gelingen, hoffe ich, dabei einen Zipfel Weisheit zu erblicken. Eine herrliche Vorstellung. Diese Plauderei über verschiedene Formen des Ablebens zeichnet sich dadurch aus, daß auf sie leicht wie auf kaum etwas anderes verzichtet werden könnte, nicht wahr? Reden Sie weiter. Ich brenne darauf, mich noch ein wenig in Ihrem Singsang zu wiegen.

Danke. Ich glaube an so etwas wie einen Kern, der in uns allen steckt, einen Kern, der durch alle Zeiten und alle

Gesellschaften hindurch weitergetragen wird, der uns allen gemein ist und den es trotzdem immer nur zu vermuten gilt, der nie entdeckt werden wird, an den immer neu geglaubt werden muß oder darf, ein Kern, der allem, was uns unklar ist, seinen Sinn gibt. Sie haben vorher von alten Büchern gesprochen, die Sie gelesen haben, Parzival und so weiter, und von Grundwahrheiten, die Sie darin fanden und die Ihnen eine traurige Geborgenheit schenkten, weil sie Ihnen so bekannt vorkamen. Vielleicht meinen wir das gleiche? Sie erwähnten in dem Zusammenhang, die alten Stoffe würden immer wieder neu ummantelt, eine Mode, die ich nebenbei bemerkt für vollkommen überflüssig halte. Warum belassen wir die Sachen nicht in ihrem Zustand? Warum drapieren wir die ägyptischen, griechischen, gälischen Falten immer neu, putzen ewig an diesen Hüllen herum und organisieren sie frisch? Mal wird Medea hochfrisiert, mal darf sie die Haare offen tragen, mal läßt man sie zetern, mal zittern, von Frühling zu Herbst läßt man sie neu geschminkt aufmarschieren, garniert sie mit jeweils frischem Tagesgemüse, hebt mal ihre Brüste hervor, betont mal ihre Hüften, mal läßt man sie Bein zeigen, mal Schulter, und ich schaue sie an, Saison für Saison, und denke bloß, ach so, ja natürlich, Medea... Und wenn ich sie einmal längere Zeit nicht mehr gesehen habe, halte ich bei ihrem Erscheinen die Nase in den Wind, wittere kurz und bin beruhigt, wenn ich trotz der vielen neuen Schminkschichten ihren Kern noch hindurchahnen kann. Aber sind Sie es im Grunde genommen nicht ebenso leid wie ich, immer wieder dieselben paar Inhalte vorgesetzt zu bekommen, nur in unterschiedlicher Verpakkung? Hätten nicht auch Sie lieber mehr unterschiedliche

Kerne? Verstehen Sie mich? Tatsache ist doch, daß in jeder Schnecke ein Kern sitzt. Wenn wir das wissen und daran glauben, wird uns jede Schnecke wesentlich, und das ist dann Glück. Da habe ich zum Beispiel ein Gedicht gelesen in der »Bäckerblume« – bei mir um die Ecke gibt es eine Bäckerei mit Kaffeeausschank, dort trinke ich dann und wann stehend eine Tasse, lese dazu die vierseitige Werbebroschüre der Bäckerinnung, die »Bäckerblume« eben, und löse das Kreuzworträtsel darin, das besänftigend einfach ist –, las da also ein Gedicht aus dem frühen siebzehnten Jahrhundert von einem deutschen Dichter mit dem seltsamen Namen Robert Roberthin, ein Frühlingsgedicht, das mir so himmeltraurig schön vorkam, daß ich es auswendig lernte und Ihnen jetzt aufsagen möchte, weil es mir hierherzupassen scheint:

Er kömmt in seiner Herrlichkeit,
Der holde Lenz hernieder
Und schenket seine Wonnezeit
Dem Erdenkreise wieder;

Er malt die Wolken mit Azur,
Mit Gold der Wolken Rände,
Mit Regenbogen Tal und Flur,
Mit Schmelz die Gartenwände;

Er kleidet den entblößten Baum,
Deckt ihn mit einer Krone,
Daß unter seinem Schattenraum
Das Volk der Vögel wohne.

Wie preiset ihrer Lieder Schall
Die Wunder seiner Rechten,
Die Lerch am Tage, Nachtigall
In schauervollen Nächten!

Die Fische scherzen in der Flut,
Die Herden auf der Weide,
Es schwärmt der Bienen junge Brut
Auf der beblümten Heide.

Der Mensch allein, der Schöpfung Haupt,
Vergräbet sich in Sorgen,
Ist immer seiner selbst beraubt,
Lebt immer nur für morgen;

Ihn weckt Auroras güldner Strahl,
Ihm lacht die Flur vergebens,
Er wird, nach selbstgemachter Qual,
Der Henker seines Lebens,

Das ohnehin wie ein Gesicht
Des Morgentraums entfliehet,
Und vor ein schreckliches Gericht
Ihn, den Verbrecher, ziehet.

(»Frühlingslied«, R. Roberthin, geb. 1600 in Saalfelden/Ostpreußen, gest. 1648 in Königsberg)

Schön, nicht wahr? Da sitzt ein Mann, mehr oder weniger noch in Bärenfell gewickelt, kaum des Schreibens mächtig, und sagt nicht weniger und nicht mehr, als was wir heute auch sagen würden, wenn wir noch etwas sagten. (Die meisten ziehen es ja in letzter Zeit vor zu schweigen, habe ich den Eindruck. Das Reden ist uns vergangen.) Dieser köstliche Kern nährt mich. – Jetzt sind Sie doch glatt eingeschlafen. Schlaf ist so ein Kern, der Hunderttausende von Jahren wahr bleibt. Das ist mir bei dem Gedicht nämlich außerdem aufgefallen: Ein Satz muß ein paar hundert Jahre alt sein, damit ich ihn in seiner Wahrheit erkennen kann. Junge, frische Sätze halte ich in der Regel für noch feucht hinter den Ohren. Erst wenn Horaz über schnarchende Fuhrknechte schimpft, die ihm während eines Reiseaufenthalts den Schlaf geraubt haben, oder wenn er, im gleichen Zusammenhang, die Stechmücken verflucht, die ihn heimsuchten, dann wird das richtig überwältigend durch die mehr als zweitausend Jahre, die mich von ihm trennen. Oder wenn er schreibt, der eine Wein schmecke nicht so gut wie der andere – wie wahr wird das durch die Zeit, die die erwähnten Weine längst alle hat verdunsten lassen! Schlafen Sie weiter, ich lege mich etwas dazu.

## Roman und Ramona, der unsichtbare Film

Und dann? – Dann kündigte nach Jahren ein Freund, der tausend Kilometer entfernt wohnte, seinen Besuch an. Das erschreckte Roman zutiefst. Er hatte sich angewöhnt, halbversandet auf Grund zu liegen und nur noch selten, zum Luftschnappen, aufzutauchen. Nun wirbelte ihn das Nahen des Freundes empor. Verstört zog er seinen Mantel an, trat auf die Straße und schaute sich nach Plakatsäulen um. Er wollte erfahren, was da, wo er lebte, sehenswert war. Die Sonne brannte, der Schweiß schoß ihm aus allen Poren. Im Schatten einer Feuerwache las er die Opern- und Theaterspielpläne durch. Ein berühmter Geiger, an dessen Namen er sich aus seiner Jugend erinnern konnte, kündigte sein einmaliges Gastspiel in der Philharmonie an. Ein selten aufgeführtes Oratorium von Händel wurde im Konzerthaus gegeben. Roman entschloß sich, für beides Eintrittskarten zu kaufen. Zur Begrüßung überreichte er seinem Freund in einem Couvert die Karten nebst einem kurzen Brief, in dem er ihn willkommen hieß und ihm das Programm für die nächsten Tage und Abende vorstellte. Seine Hände zitterten dabei. Der Freund sah gut aus. Er hatte abgenommen und trank keinen Alkohol mehr. Silbergraue Haare schmückten seinen Kopf, Falten im Gesicht machten ihn begehrenswert. Er roch fabelhaft nach Herr. Wenn er Räume betrat, nahm er sie in Besitz. Kellner, Portiers und Taxifahrer blühten in seiner Umgebung auf, denn er verstand zu befehlen. Wie hast du das aus dir gemacht, lieber Freund? – Roman war in derselben Zeit blaß geworden, schwammig. Das eine Knie schnappte und stach. Seine Hosen saßen schlecht. Das Gesicht machte einen teigigen, faden Eindruck. Die Gedanken, die er äußerte, klangen abgestanden. Sein Blick flackerte unsicher. Wenn sie nebeneinander durch Museen gingen, schnaufte er laut. Seine Füße brannten. Zu den berühmten Bildern fiel ihm nichts ein als die Bäckerblume, ein Reklameheftchen, das überall in Stehcafés auslag, und in dem auf der letzten Seite jeweils eines dieser berühmten Gemälde abgebildet wurde unter der Überschrift: Wer war der Maler? Gewinnen Sie ein Wochenende zu zweit in der Hauptstadt seiner Heimat.

Der Freund ließ sich von Romans Verfassung nicht anstecken. Er wirkte im Gegenteil dadurch eher angeregt, äußerte kluge, ungewohnte Gedanken, formulierte intelligente Anschauungen. Er bebte vor Erregung beim Sprechen. Immer wieder betonte er, wie wichtig es sei, sich nicht gehenzulassen, sich auszutauschen, Kontakte zu pflegen, miteinander zu reden, alte Freundschaften immer neu aufzufrischen, den Glauben aneinander nicht zu verlieren. Roman verfiel ihm ganz und gar. Stolz ging er neben ihm her und bewunderte seine Schuhe, seine klaren Gedanken, seine Aufgeschlossenheit.

Und dann? – Der berühmte Geiger war alt geworden. Er schlurfte mißmutig vors Publikum, schaute auf, sah, daß der Saal nur halbvoll war, klemmte mit angewidertem Schwung die Geige unters Kinn, als werfe er sich eine bittere Medizin in den Rachen, dann fiedelte er los mit dem

Feuer einer Sportschwimmerin, die am neunundzwanzigsten Februar morgens um acht fröstelnd ihre ersten Trainingsrunden absolviert. Das Publikum folgte andächtig den mehligen Tönen des verbitterten alten Mannes, der sich grämte, weil der Saal nur halbvoll war; dessen Bogen kraftlos über die Saiten schluderte; der seinen Traum vergessen hatte; der an nichts mehr als an Geld zu glauben vermochte, das Geld, das er besaß und jenes, das er noch dazuverdienen wollte, das den Kapriolen der Wechselkurse ausgesetzt war, das zerrann, während er spielte, oder das mehr wurde; der rechnende Geiger, der seine schmerzenden Füße verfluchte; der die Komponisten wegen ihrer schwierigen Läufe verfluchte; der den Saal verfluchte, die Akustik, die tauben Zuhörer, die nicht in der Lage waren zu unterscheiden, ob einer die Glissandi besser oder schlechter meisterte; die an Namen glaubten und an ihre eigenen trüben Erinnerungen daran; für die er eine Legende war, seit Jahren tot; er verfluchte die nachdrängende Jugend, er verfluchte die Zeit, er verfluchte das Mineralwasser, das ihm aufstieß. Dann war das Konzert zu Ende. Roman und sein Freund saßen da und klatschten, denn sie wollten nicht einem schlechten Konzert beigewohnt haben. Hinterher gingen sie durch die Nacht und unterhielten sich über Musik und Kunst ganz allgemein. Roman fielen die Augen zu; er war verzweifelt. Sein Freund leuchtete; er war hellwach, geistreich. Alles, was ihm widerfuhr, machte ihn reicher und besser. In der Bar trank er Tomatensaft, Roman Bier. Am nächsten Morgen verabschiedeten sie sich voneinander, der Freund fuhr nach Hause zurück, Roman legte sich ins Bett.

Und dann? – Roman gewöhnte sich an, taub zu sein.

Seine Zweifel waren mit dem Alter mehr geworden. Die Sicherheiten hatten sich eine nach der andern aufgelöst oder waren von ihm abgefallen. Von den vielen Enttäuschungen war seine Haut durchscheinend geworden. Jede Ader ließ sich darunter verfolgen – ein unheimlicher Anblick, dieses dunkle Gewürm, das aus Zorn, aus Scham, aus Erregung jeweils kurz anschwoll und dann wieder schrumpfte.

Was er am meisten liebte auf der Welt, das waren Tiere. In die Augen schaute er diesen auffälligerweise nie; auch beugte er sich nie zu ihnen herunter, um sie hinter den Ohren zu kraulen. Er ging kerzengerade auf sie zu, den Blick auf einen Punkt in der Ferne gerichtet, das Tier nur gerade am äußersten unteren Bildrand wahrnehmend. Bei ihm angelangt, ließ er sich langsam nieder, vorsichtig, als balanciere er ein rohes Ei auf dem Kopf – den Blick weiterhin auf den Punkt in der Ferne gerichtet. Dann bewegte er seine flach ausgestreckte Hand behutsam auf das Tier zu und streichelte ihm damit zart übers Fell, während seine Augen feucht zu schimmern begannen. Er spendete Unsummen für Tierheime und Tierschützer. Doch wenn Tiere sich ihm näherten, schaute er weg. Er spielte den Toten Mann im Wasser, wenn ein Fisch auf ihn zu geschwommen kam; er spielte den Laternenpfahl auf der Straße, wenn ein Hund auf ihn zu rannte, den Stuhl in der Wohnung, wenn sich draußen vor dem Fenster eine Taube niederließ. Begegnete ihm eine Katze, kniff er die Augen zusammen, weil er in einem Katzenkalender gelesen hatte, dadurch gewinne er ihr Zutrauen. Er kaufte teure Hähnchen aus Bresse, kochte sie in einer würzigen Brühe, verteilte sie auf sauber gewaschene Porzellanteller, die er blinzelnd über den Hof des Mietshauses trug, um sie in bestimmte Winkel zu verteilen, von denen er den Eindruck hatte, sie seien den streunenden Katzen besonders lieb. Die Katzen strichen um seine Beine. Er wagte nicht, nach unten zu schauen, aus Furcht, sie zu verscheuchen. Aber die Augen quollen ihm beinahe über, wenn er die warmen Körper an seinen Waden spürte.

Dieser Mann, der schwerhörig geworden war, um das eitle Gerede der Tage nicht mehr aufnehmen zu müssen, der halb blind geworden war vom Starren in die Ferne und vom Blinzeln, steif vom aufrechten Gehen, hatte sein seltsames Verhalten einem Tierpsychologen abgeschaut, der gerufen worden war, um einen verschreckten, panisch um sich schnappenden Hund einzufangen. Der Hundepsychologe näherte sich dem bebenden Tier aufrecht wie eine Flöte, mit abwesendem Blick, so daß der Hund in kürzester Zeit ganz ruhig wurde wie vor dem Tod. Er hörte auf zu zittern, setzte sich bin, ließ den Tod auf sich zukommen, erschöpft und froh, daß nun endlich alles ein Ende haben würde. Der Hundepsychologe ließ sich langsam zu ihm nieder, faßte ihn beim Halsband, befestigte eine sehr kurze Leine daran, eine Art lederner Gerte, und führte ihn daran fort, ohne ihn während des ganzen Vorgangs auch nur eines einzigen Blicks gewürdigt zu haben. Dem Hund war so fahl, daß er sich kaum noch zu atmen traute und mit gesenktem Kopf hinter dem Herrn her trottete wie ein alter Gaul. Er wurde in einen Kombiwagen gesperrt und in ein chemisches Laboratorium überführt, wo er ein paar aufregende letzte Stunden in wissenschaftlichem Milieu verbringen durfte, bevor sich der Tod seines Auftrags erinnerte und ihn ganz zu sich nahm.

Seit jenem Tag, an dem Roman beobachtet hatte, wie ein Hund, der verschwitzt war, außer sich vor Angst, schlotternd vor Verzweiflung, wie so ein Hund sich durch stoisches Verhalten beruhigen ließ, seit jenem Erlebnis wünschte Roman für sich nur noch eins: in alle Zukunft ebenso besänftigend auf Tiere einwirken zu können. Und er ging ab da wie ein geschnitzter Jesus durchs Leben.

Eines Tages prallten dabei seine in die Ferne gerichteten Augen auf eine Frau, die dort zufällig entlang schritt. Alles Weitere ist im dritten meiner unsichtbaren Filme unter dem Titel ERHÖHTE WALDBRANDGEFAHR festgehalten. Dort stakst der Mann schwerhörig und halb blind durch die Kulissen, sterblich verliebt in die Frau, die er nicht anzuschauen wagt aus Angst, sie zu verscheuchen; der er kaum zuzuhören wagt, aus Angst, sie rede wie alle; auf die er steil zugeht, den Blick über ihre Schulter in die Ferne gerichtet, ihr die Hand langsam, flach ausgestreckt hinreichend und ihr sogar damit einmal über den Rücken streichend.

Die Frau gleicht ihm. Sie glaubt, über Liebe und alle anderen ernsten Dinge des Lebens dürfe nicht gesprochen werden, sonst verflüchtigten sie sich – so wie man den Heinzelmännchen zu Köln nicht bei ihrem Wirken zuschauen darf, wenn man sie sich erhalten will –, also läßt sie sich von den durchscheinenden Händen streicheln, stumm, und die beiden stehen so da, die Sonne scheint, der Regen fällt, sie sind reifes Korn, der Film zittert und stampft vor Ort – und das Publikum schaut sich irritiert um. Ein paar, die wissen, wie Kino zu sein hat, rufen zur Leinwand empor: Leg sie flach, du Heini! Was soll das Zaudern?! Stell dich nicht so an! Dann skandieren sie: Küssen, küssen, küssen ... Der

Mann und die Frau, die Roman und Ramona heißen könnten, schauen blaß in den dunklen Zuschauerraum, der Schweiß tritt ihnen auf die Stirn, und am Ende machen sie, daß sie davon kommen. Die Frau wird im Film die Frau aus Milch genannt, weil sie rasend gern eiskalte Ziegenmilch trinkt und davon eine Haut hat, weiß wie Milch und rosig wie Ziegeneuter. Sie liebt Tiere ebenso innig wie der Mann. Da sie sich nicht traut, über Liebe oder sonst etwas Ernstes zu sprechen, und er sich in die Schwerhörigkeit hineinverstiegen hat, also gar nicht hören könnte, wenn sie von ihrer Begeisterung für Tiere anfangen würde, muß ich diese Tatsache hier in der Zusammenfassung erwähnen. Auch andere Figuren kommen vor im Film, ähnlich unfreiwillig, und alle machen sie sich, so schnell sie können, aus dem Staub. Ein teuflisches Handwerk, das filmische: Was dabei nicht hervorgehoben wird, das existiert nicht. Im Leben muß, was einem wert und wichtig ist, weggepackt, verborgen, ausgespart werden, erst dann erglüht und lockt es in voller Pracht, und alle verzehren sich danach. Nur das Erahnte, das Schwererhältliche, das Fast-nicht-Erreichbare weckt unsere Gier. Im Film hingegen muß man in die Höhe halten, vor die Linse, mit dem Finger darauf deuten, laut aussprechen oder auf einen Schild schreiben, worum es einem geht, damit es wahrgenommen werden kann. Das Paar, das ich für wesentlich und unersetzbar halte, wollte ich leben lassen und habe sie dementsprechend versteckt. Sie schlummern im Film hinter Rosenhecken und warten darauf, entdeckt und wachgeküßt zu werden, um dann verstört zu blinzeln und zu gähnen; Brötchen von gestern, ausgelaugt; die eine, die nicht zu reden wagt, der andere, der sich nicht traut zuzuhören; die beiden, die sich gegenseitig nicht anschauen aus Angst, einander zu verscheuchen; Helden in jenem Alter, in dem jeder unweigerlich befleckt ist.

Und dann?

## Die unergründbare Elektrik

Zu jener Zeit, als die Menschen aus Erbarmen keine Kinder mehr zur Welt brachten, als sie nicht länger an ihren Orten lebten, sondern rastlos umherzogen, als sie Selbstgespräche führten, da hockte ein rosiger Freiburger vergnügt auf den grauen Wiesen und spielte mit den Bienen, obwohl er dazu schon etwas alt war. Man trieb die Knospe an, sich zu beeilen. Die Freunde und Verwandten versuchten, die zarten, blassen Blättchen mit Gewalt zu öffnen. Die Mutter begoß ihn, der Vater stellte ihn an die Sonne. Nichts rührte sich. Die Eltern, Freunde und Verwandten sprangen aus Verzweiflung in die Schluchten, die Bienen hatten keine Flügel mehr und keine Beine vom Spielen, alles war platt. Da endlich, an einem Novembertag, brach der Freiburger auf und reiste grinsend hinunter in die Stadt.

Die Stadt war von Pestfürzen aufgebläht. Der rosige, grinsende Freiburger fiel darin auf. Man blickte ihm nach, kniff ihn in die Wangen und nahm ihm Blut. Er gewöhnte sich daran, mietete ein Zimmer und lernte unlustig, wohin er sich biegen mußte zu seinem Besten.

Das Fenster des Zimmers blickte auf Mauern. Man gelangte zu ihm durch ein großes Tor, einen Portikus von einem Tor, das bei Sonnenschein verdiente, mit Herr Tor angesprochen zu werden. Dann über zwei weniger stattliche Hinterhöfe, die mit Teer versiegelt waren. Danach durch eine kleine Tür, eine düstere Treppe hinauf, und in der ersten Etage über einer Lagerhalle, im Zwischengeschoß, fand man ihn. Er ging etwas gebeugt. Der Raum war ein Meter achtzig hoch.

Meistens schaute er träge aus dem Fenster in die gegenüberliegenden Betriebe und bedauerte die Angestellten dort. Die Druckerei direkt vis-à-vis hatte es ihm besonders angetan. Maschinen arbeiteten darin, die wie Dirigenten Stöckchen in regelmäßigem Rhythmus in die Höhe schwangen und wieder niederfahren ließen. Frauen traten hin und wieder dazu, in blaßblauen Überschürzen, und machten einige Handgriffe. Die betrachtete er dreist.

Er hatte nämlich mittlerweile ein Buch gelesen. Darin stand die Geschichte von einem, der von Anfang an nichts dazulernte; der zwar voller Mängel steckte, aber nicht auf die Idee kam, diese auszurotten; der das Leben zu sich niederbog, wenn's ihm zu hoch war, anstatt sich zu strecken; der das Leben knechtete.

Das gefiel dem Freiburger: einen Raum zu betreten, ohne sich zu fragen, ob man hineingehöre; Küsse zu verteilen, weil der Moment dazu da war; die Momente zu kennen wie die Natur.

So einer bin ich, überlegte er. Ich werde nicht mehr besser, ich werde ich, und das bin ich schon. Schluß mit der Lernerei, Feierabend!

Die Zeit war, wie erwähnt, eine windstille, in der alles bereits bekannt war, das Scheitern. Keine frischen Möglichkeiten wehten kühl heran, keine alten wurden weggeblasen, alles dümpelte, die Luft stand flirrend darüber, es roch übel.

Die Rosafarbe des Freiburgers verblaßte, in seinen Poren

setzte sich Ruß fest, die Haut an seinem Hintern war dünngeschabt vom Sitzen.

Eine Bekannte von früher sagte: »Endlich bist du nicht mehr so knusprig!« und: »Ich war schon ganz unruhig. Du wirktest unverderblich, ewig rötlich.« Und sie nannte ihn DU und FREUND, weil er auch welkte.

Nach zwei Jahren begann das Gebäude, in dem er wohnte, zu modern. Die städtische Baupolizei befestigte am schönen Tor ein Schild: »Einsturzgefahr – das Befahren der Höfe ist untersagt.« Wie um ihn zu necken, errichteten sie Zäune ums Haus, spannten Drähte durch die Höfe und montierten Schilder: »Vorsicht, Steinschlag.« Den Keller ließ ein Beamter mit Wasser vollaufen, so daß das Ganze immer mehr einen venezianisch-melancholischen Eindruck erweckte. Die Haut des Freiburgers sog sich voll mit Wasser, die Gelenke schwollen an.

Irgendwie anders hatte er es sich vorgestellt. Aber dann hörte er, daß alle sich das Leben anders vorgestellt hatten, daß er genausogut hier durch ein falsches gehen könne wie woanders, daß es üblich sei so und also richtig.

Es krachte und donnerte und blitzte, und er guckte in den schwarzgrauen Regen, der über die Drähte, Gitter, Schilder und Eisenstangen vor seinem Fenster strömte.

Ein Blitz schlug in ihn ein, daß alles still wurde, leer und weiß. Das ist Elektrik.

Eigentlich müßte so ein Freiburger verderben und verdorren. Mindestens, wenn das Leben die Geschichten schriebe. Aber das Leben kann nicht schreiben, es wetzt bloß ab. Man altert und paßt in die Schuhe seiner Vorfahren.

Der Freiburger ist noch da, mit einem vom Blitz verursachten, winzigen verkohlten Loch in der Fußsohle. Er hinkt schwer und unförmig durch Zimmerfluchten, und es heißt, er sei über Leichen gegangen. Die es sagen, die Leichen, sind alle noch am Leben, selbstverständlich. Sie verachten und verhöhnen ihn dafür.

Der Blitz damals hatte ihn grimmig gemacht gegen Geschichten vom Lernen und Nichtlernen. Er warf alle Bücher in den Abfall.

In Windeseile eignete er sich die Sprache des Geldes an und übersetzte das mindeste in sie: Freunde, Gesundheit, Freiheit und was noch dazugehört. Heute sitzt er in zentral beheizten Räumen und übersetzt. Die Luft ist trocken. Sein Hals und seine Augen brennen.

Auf alles paßt die neue Sprache, simpel und klar. Er ist begeistert, der Freiburger. Er übersetzt das Kochen, das Speisen, das Reisen, das Wohnen, alles, worüber er sich früher gegrämt hat, die Geliebten, einfach alles, was Zeit beansprucht, was anstrengt, was nicht hundertprozentig ist, das ganze Leben übersetzt er ins Geld. Er quiekt vor Vergnügen und sitzt triefend im warmen Raum. Die Augen tränen.

So ist er ein glücklicher Mann geworden.

Grinsend betrachtet er die Blitze, die in die Stadt niederfahren, und brüllend lacht er zum Donner.

Die wunderbare Wendung, die das Schicksal des Freiburgers genommen hat, ist dem Umstand zu verdanken, daß Sie, werter Leser, ein Anrecht auf das Außergewöhnliche haben, da Ihnen der Alltag übel genug mitspielt. Sie verlangen das Besondere, schätzen nur das Kostbare und haben darum verdient, daß einer einen Blitz überlebt, denn das verströmt Einmaligkeit.

Natürlich ist es nicht wahr. Er ist gestorben – was auch einmalig ist, Sterben –, und zwar mit einer Behendigkeit, wie ich sie an ihm nie wahrgenommen hatte; mit einer Leichtfüßigkeit, wonach er sich im Leben vielleicht gesehnt hat, die wir aber für gewöhnlich nicht erlangen, da das Leben schwer beschuht ist.

Ist davongehüpft mit flinkster Flinkheit, so daß mir schwindlig wurde. Wie ein vor Eifer glühendes Kind, das an einem gewittrigen Sommernachmittag im summenden Wald die Luft anspringt und sich in einem dichten, hohlen Busch versteckt, wo es dann fiebrig sitzt, unter dem Busch, und vor Aufregung, gefunden zu werden, beinahe zerplatzt. So ist er abhanden gekommen, mein Freiburger, auf kindische Weise, eher wie ein Freiburgerli, was gar nicht zu dem trägen Mann paßt. Aber wie er da so unter dem Friedhofsbusch liegt, das hat etwas von Herzen Umarmenswertes: dieses angespannte Gesicht, die weißen Wangen, die drekkigen Beine, die Arme, die Knie ... Wenn mich jemand belauern würde, wie innig ich diesen Leichnam umarmen möchte, würde er mich wohl für einen Unhold halten, zumindest für einen windigen Hund. Dennoch: Ich bin entzückt von seinem Sterben wie von einer himmeltraurig mißglückten Überraschung. Er ist so unaufwendig verschwunden, daß man sich schämt, ihm zu zürnen, oder auch nur, ihm einen Atemzug lang böse zu sein.

Einmalig ist er gestorben, so wie er einmal die Beine übereinandergeschlagen hat, wie er einmal die Nase geschneuzt hat, einmal die Augen aufgeschlagen – so ein einmaliger Freiburger!

Er starb den tölpelhaftesten, liebenswertesten Tod; so beiläufig, daß ich ihm am liebsten sanft eins auf den Hintern geben möchte, selbst in Anwesenheit des Todes, der so ungeschickt und überflüssig herumsteht, ein grober Knecht, ein schwerhöriger Klotz, neben diesem Sterben.

Der Freiburger ist ihm entwischt, davongestorben, einfach aus dem Leben gefallen – ich muß schließen.

Der Wind schiebt mißgelaunt ein Lindenblatt vor sich her. Träg sickert das Blut durch die Beine. Sonne, schein heller; schleich nicht so lau am Stadtrand entlang. Und du, Luft, kriech nicht so dick in die Nase.

# Das Cello

Jemand mit einem Cello ist in meiner Nachbarschaft eingezogen. Ich weiß nicht, wann ich die Töne zum ersten Mal gehört habe – vor einem Jahr vielleicht. Damals dachte ich, sie würden von zwei, drei Etagen höher durch den Schornstein zu mir herunterdringen. Ich trat ins Treppenhaus, lauschte, doch nichts war zu hören. Ich trat zurück in mein Büro – da waren sie wieder, fein, wie durch dicke Mauern gedämpft. Dann brachen sie ab, und ich dachte nicht weiter darüber nach. Ein paar Tage später vernahm ich sie wieder. Ich realisiere nie – bis heute nicht –, wenn sie anfangen; plötzlich sind sie da, wie aus den Tiefen meiner Einbildung emporklingend, oder – ein idiotischer Vergleich, aber er kam und kommt mir jedesmal in den Sinn – zu mir herunter in den Sarg tönend von weit oben, wo die Sonne scheint, das Gras wächst, die Vögel singen, durch die lockere, feuchte Erde zu mir herunter, der da lebendig begraben liegt. Ich habe am TV vor längerer Zeit einen Film gesehen – ich nehme an, es war ein Horrorfilm. Ich schaltete ein, nachdem er schon begonnen hatte. Es war in Finnland. Dazu muß ich erklären, daß mein Bruder und ich, wenn es uns finanziell dreckig geht, Pläne entwickeln, wie wir zu Geld kommen könnten. Damals war es wieder einmal soweit. Mein Bruder reiste in der Schweiz über die Dörfer und machte alte Sägereien und Zimmereien ausfindig, in denen noch gut erhaltene, veraltete Holzverarbeitungsmaschinen in staubigen Schuppen vor sich hindämmerten. Stieß er auf eine solche, erklärte er den Besitzern – in Rente gegangenen Schreinern, deren Söhne die Firma nicht übernehmen wollten, oder Söhnen, die die Firma bereits übernommen, den Maschinenpark aber auf den neusten Stand gebracht hatten und mit dem alten Zeug nichts mehr anzufangen wußten –, diesen Besitzern erklärte er, er würde ein Entwicklungshilfeprojekt betreuen und suche ausrangierte, noch funktionstüchtige Maschinen, um Kleinbetriebe in der Dritten Welt einrichten zu helfen nach dem Motto »Hilfe zur Selbsthilfe«. Wir hatten zu diesem Zweck eine Fotomappe zusammengestellt, in der auf Bildern Farbige zu sehen waren, die an alten, mit Riemen betriebenen Fräsen und Sägen arbeiteten. Die angesprochenen Handwerksmeister waren meist leicht zu gewinnen und stellten ihre Maschinen kostenlos zur Verfügung. Mein Bruder versprach, sie abzuholen, sobald er einen kompletten Transport zusammenhabe. In Rußland kannten wir einen Kaviarlieferanten. In Berlin hatte ich Kontakt geknüpft zum Inhaber des Bestattungsinstituts Hofmann. Ich mußte damals täglich an einer Baustelle vorüber, wo mit Eurogeldern ein Krematorium entstand, in welchem nach Fertigstellung Leichen aus den unterschiedlichsten Ländern angeliefert und im Schichtbetrieb eingeäschert werden sollten – so stand es auf der Ankündigungstafel. Unser Plan war, die geschenkten Maschinen nach Rußland zu überführen, wo billige Arbeitskräfte leicht zu finden sind. Aus den legendären finnischen Wäldern wollten wir Kiefern organisieren und im Tausch gegen Kaviar nach Rußland schaffen. Dort hatten wir vor, Einfachstsärge produzieren zu lassen, die wir zu einem sensationell günstigen Preis an den Berliner Bestatter Hofmann verkaufen wollten, der – direkt neben dem besagten Krematorium gelegen – seine Umsätze binnen kürzester Zeit enorm würde steigern können. Alles war gut durchdacht und vorbereitet. Ich mußte nur noch das Holz organisieren und war zu diesem Zweck nach Turku gereist, wo ich mich mit dem Vorsitzenden des finnischen Forstwirtschaftsverbandes traf. Turku versinkt die längste Zeit des Jahres in der Finsternis. Auf den dämmerigen Straßen begegnet man selten jemandem, die Leute bleiben lieber zu Hause. Alles ist still, nur die akustischen Signale an den Fußgängerampeln ticken. Im Zwielicht sind am Boden verwitterte Bürst- und Schabegerüste aus Eisen zu erkennen, die beunruhigend finster links und rechts vor den Häusern stehen. Sie scheinen böse Geister abzuschrecken, oder Schnee, Schlamm und Modder bis zu den Knien soll mit ihrer Hilfe von Schuhen und Stiefeln gekratzt werden. Der Vorsitzende hatte den Ratskeller am Hafen als Treffpunkt vorgeschlagen. Dort wartete er, ein bleicher, wortkarger Mann. Mein Englisch ist nicht das beste, seines war auch eher ramponiert. Er verstand nicht – oder gab vor, nicht zu verstehen –, was ich von ihm wollte. Das Gespräch verlor sich immer wieder in den Tiefen der Einsamkeit. Irgendwann erhoben wir uns, beide ziemlich betrunken, und verabschiedeten uns sehr höflich voneinander. Ich ging durch die menschenleere Innenstadt ins Hotel, begleitet vom gespenstischen Ticken der Ampeln, übergab mich, legte mich im Zimmer aufs Bett und stellte den Fernseher an. Da lief dieser englisch gesprochene Horrorfilm. Soweit ich begriff, versuchte ein junger Mann herauszufinden, was mit seiner Geliebten geschehen war, die er seit vierundzwanzig Stunden vermißte. Er verfolgte ihre Spur Schritt für Schritt und traf in dem Moment, als ich mich dazuschaltete, auf den Mann, mit dem sie zuletzt gesehen worden war. Dieser sagte, ja, die Freundin habe all das getan, was der junge Mann in mühseliger Recherchearbeit bisher herausgefunden und ebenfalls getan habe. »Zuletzt ist sie bei mir gelandet und hat dieses Getränk zu sich genommen.« Er hielt ihm ein Getränk entgegen. »Wenn Sie als ihr Freund wissen wollen, wie es mit ihr weitergegangen ist, müssen Sie jetzt auch dieses Getränk zu sich nehmen.« Der junge Mann zögerte, doch die Sehnsucht, seine Geliebte wiederzufinden, war zu groß, also schluckte er das Getränk, in welchem ein Schlafmittel aufgelöst war. Als er aus der Betäubung erwachte, lag er in schwarzer Finsternis und hörte rhythmisches, nach und nach schwächer werdendes Gepolter. Dazu war die Stimme des Mannes zu hören, der höhnisch rief: »Nun wirst du den Rest der Geschichte erfahren, die deine Freundin erlebt hat! Bis zur letzten Sekunde wirst du ihre Eindrücke auskosten können!« Die Kamera befand sich mit dem jungen Helden in der Dunkelheit. Zu sehen waren enge, fahle Spalten, die nach und nach trüber wurden, der Rest war schwarz. Dazu war sehr laut das schwere Atmen des jungen Mannes zu hören, ein ungewöhnlich beklemmendes Geräusch, und man erkannte als Zuschauer, daß man sich mit diesem zusammen in einem Sarg befand und lebendig begraben wurde. Das schwächer werdende Poltern rührte von der Erde, die auf uns herabgeschaufelt wurde, und langsam blendeten Ton und Bild aus. Ein höchst beunruhigender Filmschluß. Daran erinnern mich die Cellotöne in meinem Büro: als ob sie aus einem tiefen Verlies zu mir emporwimmern würden, oder eben, wenn ich gerade keine Freude an mir und am Leben habe, als ob ich in einem tiefen Verlies in einem Sarg eingesperrt liegen und von weit oben die fröhlichen Geräusche des Lebens vernehmen würde.

Die Geschichte mit den Särgen aus Rußland hatte sich damals zerschlagen. Zwar hatten mein Bruder und ich überall, wo wir die Idee vortrugen, viel Erfolg damit, aber kaum ging es an die Umsetzung, zogen sich die Leute zurück. Irgendwann wurde die Sache mit den Sägereien in der Schweiz brenzlig, weil ein Zimmermann aus Arbon von einem Kollegen auf einer Holzmesse von der Aktion erfahren hatte und sie großartig fand. Er wollte sein ganzes Sägewerk spenden, den Transport begleiten, die Maschinen vor Ort aufbauen und die Empfänger gleich selbst einweisen und anlernen. Er erkundigte sich bei der staatlichen Stelle für Entwicklungshilfe, ob dort unser Hilfe-durch-Selbsthilfe-Projekt bekannt sei und ob man ihm bitte die Unterlagen davon zukommen lassen könne … Wir entschlossen uns, die Angelegenheit erst einmal ruhen und Gras darüber wachsen zu lassen. Das Krematorium ist inzwischen fertig gebaut. Die Verbrennungsöfen arbeiten rund um die Uhr. Ich sitze manchmal auf einer Bank in der Grünanlage davor und schaue wehmütig dem hellen, zarten Rauch nach, der aus dem Schornstein zieht. Es ist fast nur Dampf, eine Art Gas, ein feines Flirren über dem Schlot. Mehr Dreck produziert die Anlage nicht. So stelle ich mir auch den Rauch vor, der aus den Kaminen der Bundesdruckerei steigt, wenn dort ausrangierte Geldscheine verbrannt werden. Ich denke oft an Geld. Rabelais versicherte, daß die schlimmste Krankheit, die den Menschen heimsuchen könne, der Geldmangel sei ... Pietät Hofmann hat vergrößert. Manchmal sehe ich Hofmann im schwarzen Anzug über die Straße eilen und in seinen schwarzen Jaguar steigen, den er sich vor einem halben Jahr gekauft hat. Wenn wir uns begegnen, sagt er regelmäßig: Ich bin unheimlich im Druck, aber die Sache mit den russischen Särgen ist nicht vergessen, ich bin nach wie vor daran interessiert. Und ich schaue ihm bekümmert nach. Die Frau im Zeitungsladen sagt, er schlage seine Geliebte

Mein Bruder eröffnete in der Zwischenzeit eine Beratungsstelle für Jungunternehmer, die einen eigenen Betrieb, eine Firma oder ein Dienstleistungsgewerbe gründen wollen. Er gibt ihnen Tips, wo und wie sie das innerhalb von Europa am günstigsten tun können. Er verdient gut. Meine Berliner Adresse benutzt er als Briefkasten, weil es von der Schweiz aus schwierig ist, an Eurogelder zu kommen. Dafür bezahlt er mir die Miete.

Das Cello wird virtuos gespielt. Manchmal sind es bloß Läufe, manchmal sehr moderne, schwierige Tonfolgen, manchmal Sonaten von alten Meistern, die geübt werden. Immer weit entfernt, nur gerade zu ahnen, ganz schwach, aber der Schmelz, der Glanz des Spiels, die Kraft darin dringen durch alle Mauern bis zu mir in mein Büro. Das Instrument wird unregelmäßig und verhältnismäßig nur kurze Phasen lang gespielt; plötzlich erklingt es, ich verharre gebannt, und ebenso plötzlich ist es wieder weg, und ich vergesse es.

Ich war stolz darauf, daß in meiner Nähe ein so großer Cellist eingezogen war. Ich nahm an, er sei mindestens Mitglied der hiesigen Philharmonie oder ein junger, kommender Solist aus Rußland oder Japan. Die Wochen vergingen. Wenn ich das Cello hörte, freute ich mich. Sobald ich aber zuhören wollte, verstummte es. Irgendwann vermochte ich die Neugier nicht länger zu bannen. Das Cello erklang, ich lauschte an der Mauer – es war beim besten Willen nicht auszumachen, woher der Klang kam –, ich zog Schuhe und Mantel an, schloß das Büro ab und eilte auf die Straße. Das Haus, in dem ich arbeite, steht mit der Rückwand an ein Hinterhaus aus der Parallelstraße gelehnt. Ich mußte herausfinden, welches Vorderhaus dort dem unseren entsprechen könnte. Das war nicht leicht, weil die Straßen nicht wirklich parallel, sondern von einem runden Platz aus eher sternförmig auseinanderlaufen. Ich ging bis zum Platz, wobei ich die Häuser und Schritte an meinem Weg abzählte, dann die nächste Straße wieder zurück. Zwischen einer Tierhandlung und einer Konditorei glaubte ich ungefähr auf der richtigen Höhe angelangt zu sein. Die Haustür war verschlossen. Am Klingelbrett warb ein großes Schild für eine Nervenärztin namens Schott-Zeterberg. Dort klingelte ich. Die Tür sprang automatisch auf. Ich trat in den Hausflur, wartete ab, ob sich irgendwo jemand zeige und mich frage, was ich wünsche, aber alles blieb still. Ich ging durch den dunklen Flur in den ersten Hof, dann durchs Gartenhaus in den zweiten und stand vor zwei schäbigen Seitenflügeln, die an einer Brandmauer endeten, welche die Rückwand unseres Bürohauses sein konnte. Nach meiner Berechnung mußte sich der Cellist im rechten der beiden Flügel befinden. Ich trat in das enge Treppenhaus und lauschte – nichts. Kein Cello zu hören. Ich stieg die Treppen hinauf und las die Namen an den Klingelschildern. Parterre stand nichts. Im ersten Stock P. Irion, im zweiten Pastille-Büstow, im dritten Matejka, im vierten Prütz, daneben, durchgestrichen, Uwe Zillgith. Auf den Zwischenböden versuchte ich, den Kopf durch die schmalen Schlitze der Treppenhausfenster zu stecken, um von außen in die Wohnungen hineinschauen zu können; das gelang nicht. Ich vermochte nur gerade schielend zu erkennen, daß alle Wohnungen den Eindruck erweckten, als ob niemand zu Hause sei. Kein Geräusch war zu vernehmen.

Danach hörte ich tagelang keinen Ton mehr. Als ob der Musiker mich wahrgenommen hätte und sich nicht mehr traute zu spielen; als ob er im Mietvertrag unterschrieben hätte, kein Instrument zu spielen; als ob er aus der Dritten Welt komme und keine Aufenthaltsgenehmigung habe und nur mit viel Glück in diesem Hinterhaus in einer winzigen Wohnung untergekommen sei und nun alles daransetze, keine Aufmerksamkeit zu wecken und sich niemanden zum Feind zu machen, um nicht angezeigt und ausgewiesen zu werden. Ich saß in meinem Büro und sehnte mich nach den Klängen, aber alles blieb still. Nur ab und zu hämmerte jemand von der andern Seite gegen die Wand, wie ein eingemauerter, verzweifelter Mensch, der mit einem spitzen Gegenstand versucht, ein Loch zu mir hinüber zu kratzen und zu schlagen. In der Mittagspause setze ich mich seither oft in die Konditorei neben dem fraglichen Eingang. Ein schäbiges, verkommenes Café, in dem eine dicke, stark geschminkte Frau mit schriller, hoher Stimme serviert, die mich jedes Mal in beunruhigend süßem Ton begrüßt und fragt: Naaaaaa – wobei das A sich in erschreckende Höhen schraubt, so daß die Scheiben zu klirren beginnen –, was hätten wir denn heute gern Schönes? Vielleicht ein Butterbrezelchen? Die sind heute gaaaanz frisch. Ich gebe Ihnen zwei für eins; die werden sonst bloß alt. Dazu leuchten ihre Augen fiebrig, und die Zähne glitzern zwischen ihren dunkelroten schmalen Lippen hervor. Ich packe die zweite Brezel in einem unbeobachteten Moment in eine Papierserviette und stecke sie in die Jackentasche, um sie später wegzuschmeißen, wobei ich so tue, als kaue ich genüßlich. Die Brezeln schmecken geräuchert. Die Konditorei wird gern aufgesucht von Trauergesellschaften aus dem nahe gelegenen Krematorium, die hier nach einer Einäscherung Cognac, Kaffee und Kuchen zu sich nehmen. Meistens sind Raucher dabei, die unter der sozialen Anspannung solcher Anlässe leiden. Entsprechend heftig saugen sie an ihren Zigaretten und klauben, kaum ist eine ausgeraucht, mit zittrigen Fingern eine neue aus ihren Schächtelchen, um sie anzustecken. Ich sitze da, lese üble Boulevardzeitungen, die abgefingert und schlapp auf einem Haufen in der Ecke liegen, trinke scheußlichen Milchkaffee, der in riesigen mattweißen Schalen serviert wird, und hoffe, irgendwann einmal jemanden mit einem Cellokasten auf der Straße vorübergehen zu sehen. Es ist schon fast zu einer Gewohnheit geworden: Ich gehe an der Metzgerei vorüber, dann an der Tierhandlung, murmle *AVICULTUR hält flink und wendig, sangesfroh und quicklebendig* – das steht da im Schaufenster neben einem Stapel von Kanarienvogelfutter –, dann klingle ich bei Frau Doktor Schott-Zeterberg, löse damit den automatischen Öffner aus, schiebe die Gitterglastür auf, gehe durch den Flur in den Hinterhof, überquere diesen, dann den zweiten, trete durch die kleine, graue Tür in den rechten Seitenflügel, bleibe im engen Flur stehen und horche. Still. Jedesmal ist es still. Von oben sind höchstens vereinzelte leichte Scharrgeräusche zu vernehmen. Ich steige in die erste Etage, bleibe vor der Tür stehen, lausche – hinter der Tür scheint jemand die Luft anzuhalten und darauf zu warten, daß ich weitergehe. Ich meine sogar, gepreßtes Atmen zu hören. Ich steige eine Etage höher, kein Laut, noch höher, Ruhe. Oben warte ich, schleiche dann die Treppe wieder hinunter, entziffere die Namensschilder, die ich schon kenne, versuche mir vorzustellen, einer dieser Namen passe zu einem Musiker. Es gelingt mir nicht. Unten trete ich auf den Hof zurück, schaue an der Fassade hoch, lauter tote Fenster, zum Teil halb geöffnet, die meisten aber geschlossen. Der Duft der Konditorei weht mir in die Nase. Ich verlasse das Haus und setze mich ins Café – so seit mehreren Tagen.

Die Celloklänge sind nur noch selten zu hören. Und wenn, dann ganz kurz. Ein paar Tonleitern, zwei-, dreimal am Tag, eine winzige Etüde, dann zwei, drei Tage nichts. Vielleicht muß der Cellist zwischendurch auf Tournee. Oder Hausbewohner haben ihm Schläge angedroht, falls er keine Ruhe gibt, und er übt seither nach dem stummen Piatigorsky-System, die Finger auf dem Griffbrett, den Bogen in der Luft. Ich lerne die Straße sehr genau kennen, das Angebot der Konditorei, der Metzgerei, der Tierhandlung. Einige

Namen aus dem Haus, in dem ich das Cello vermute, sind mir bereits geläufig. Neuerdings habe ich einen anderen Verdacht: Neben dem Café steht das Bezirkspostamt. Es könnte sein, daß ein Teil seiner rückwärtigen Mauer an die Hinterwand unseres Hauses anschließt, daß es sich also um einen Postbeamten handelt, den ich höre. Einer, der während der ihm zustehenden Pausen nicht wie alle anderen Tischtennis spielen geht, sondern in einem kleinen, abgelegenen Raum Cello übt, von seinen Kollegen dafür gehänselt wird und darum seiner Leidenschaft nur höchst unregelmäßig und kurz nachgehen mag, beispielsweise immer nur dann, wenn eine ganz bestimmte Kollegin mit ihm zur gleichen Zeit Dienst hat, eine, die das Cellospiel nicht stört. Ich kenne eine Schalterbeamtin, die einen kultivierten, netten Eindruck macht. Die anderen kommen mir ohne Ausnahme hinterhältig und hämisch vor, als ob sie alles zerkichern würden, was über Sport oder Tips, wo etwas billiger zu kriegen ist, hinausgeht.

Neulich kam mir Julian Andres entgegen. Er ging sehr schnell, den Blick den Schaufensterauslagen zugewendet, in der linken Hand ein kleines Päckchen haltend. Wie üblich – zu meinem Ärger – wurde ich rot. Ich werde immer rot, wenn mir jemand Bekanntes begegnet. Diesmal hatte es zusätzlich mit meinen Schuhen zu tun. Ich blieb an der äußersten, rechten Bürgersteigkante stehen und tat so, als hielte ich nach einem Taxi Ausschau, in der Hoffnung, Julian komme nicht plötzlich auf die Idee, den Kopf zu drehen und die entgegenkommenden Passanten anzublicken – dabei hätte er mich unweigerlich entdeckt. Julian ist ein älterer, gepflegter, homosexueller Schauspieler. Er spricht ein wunderschönes Bühnendeutsch, zerpflückt die Wörter in ihre einzelnen Vokale und Konsonanten mit der zärtlichen Hingabe, als zerlege er Mohnblumen. Das perlt und gurrt nur so aus seinem heißen Mund, es girrt und schnurrt, daß ich regelmäßig hinschmelze, wenn ich ihn höre. Wahrscheinlich war er zu einem Empfang eingeladen; im Restaurant hundert Meter weiter zurück hatte ich festlich gedeckte Tische wahrgenommen, im Unterbewußtsein. Sicher wurde dort der Abschluß von Dreharbeiten gefeiert. Das Päckchen in seiner Hand könnte eine Sammlung von CDs gewesen sein. Julian synchronisiert und liest in Tonstudios Romane ein, Thomas Mann, Proust, Dostojewskij usw. Wahrscheinlich brachte er eine Kassette als Geschenk mit. Oder das Päckchen enthielt eine Schachtel Tiefkühlerbsen. Julian ist ein begeisterter Koch. Vier Häuser weiter zurück, dem Restaurant gegenüber, steht das Hotel Eminenz. Dort bewohnt, wenn sie in Berlin arbeitet, eine Schauspielerin die Suite unter dem Dach. Die Schauspielerin hat Sorgen. Sie ißt seit längerem nicht mehr richtig. Ich kenne sie, weil ihr Mann mit mir zusammen das Internat besucht hat, ein Sohn reicher persischer Einwanderer, ein Märchenprinz mit schwarzen, vollen Locken. Er hatte sich während des Studiums in die Schauspielerin verliebt, überhäufte sie mit kostbaren Geschenken und heiratete sie umgehend. Es folgte ein Kind, ein Sohn. Die Schauspielerin ist bei der Geburt beinahe verblutet und kränkelt seither. In letzter Zeit wurde sie immer dünner. Ihr Mann, Prinz Hamid, lebt heute in Genf. Die beiden sind zwar nicht geschieden, sehen sich aber nur noch selten. Der Sohn wurde im gleichen Internat untergebracht, in dem

Hamid und ich uns kennengelernt haben. Die Schauspielerin sieht keinen Sinn mehr in ihrem Beruf, in ihrem Leben. Sie ist abgemagert bis auf die Knochen. Wenn sie in der Stadt ist, besucht Julian sie manchmal in ihrer Suite und kocht für sie. Die beiden kennen sich von gemeinsamen Dreharbeiten. Manchmal treten sie auch zusammen auf mit Lesungen.

Julian bemerkte mich nicht. Oder vielleicht hatte er mich früher als ich ihn entdeckt und schaute nur deswegen so gebannt in die Auslagen, um mich nicht grüßen zu müssen. Ich nehme an, jeder tut sich schwer mit dem Grüßen – daß Julian etwas gegen mich hat, glaube ich nicht. Vor ein paar Jahren habe ich den beiden ausgeholfen. Sie hatten eine Lesung aus dem Briefwechsel Goethes mit Bettina von Arnim zusammengestellt. Kurz vor der ersten Vorstellung ist ihnen der Beleuchter davongelaufen. Ich sprang für ihn ein. Julian neigt dazu, junge, windige Assistenten, Helfer und Requisiteure in seine Projekte einzubinden, die ihn oft im Stich lassen, wenn's darauf ankommt. Damals war außer dem entwichenen Beleuchter noch ein persönlicher Berater namens Edgar dabei, der sich nach der letzten Vorstellung mit Julians Kostümen aus dem Staub machte. Julian stellt sich für jeden seiner Auftritte eigens ein Kostüm zusammen. Er sagt, es sei ihm unmöglich, in privater Kleidung vors Publikum zu treten. Die Überlegungen, wie das jeweilige Kostüm auszusehen hat, dauern meist Wochen und sind sehr intensiv. Er läßt seine gesamte Umgebung daran teilhaben. Die Figuren, die er darzustellen hat, werden von allen erdenklichen Seiten beleuchtet, historisch, soziologisch, farbpsychologisch; Vorschläge werden entgegengenommen und verworfen; es ist beinahe die aufregendste, auf jeden Fall die wichtigste Phase in der Auseinandersetzung mit dem Stoff. Das richtige Kostüm ist die halbe Miete, sagt er. Nach langen Um- und Irrwegen kommt er am Ende regelmäßig zur Überzeugung, die Figur müsse einen dunklen, enganliegenden Wollanzug von Armani tragen, dazu ein dunkles Seidenhemd von Scheurer und rahmengenähte Budapester Schuhe. Julian fürchtet, um die Mitte herum etwas zu füllig zu wirken. Er behauptet, Armani strecke. Tatsächlich sieht er in diesen Anzügen hinreißend aus. Egal, ob Rasputin, Swann, Winnetou oder der Mann ohne Eigenschaften, als das ultimative Kostüm für sie entpuppt sich in den Herbst- und Wintermonaten jeweils ein dunkler Wollanzug von Armani, ein Seidenhemd von Scheurer und schwere Budapester Schuhe. Im Frühling und im Sommer tragen die von ihm verkörperten Figuren ebenfalls dunkle Anzüge von Armani, dann aber aus Seide oder Leinen, darunter dunkle Baumwolleibchen mit halblangen Ärmeln, dazu leichte Budapester Schuhe. Einmal, als er Oblomow las, entschied er sich für weiße Turnschuhe von Nike. Später gehen die Kostüme jeweils in seinen privaten Besitz über und werden zu gewöhnlichen Alltagskleidern herabentweiht. Dem kam sein persönlicher Berater Edgar damals zuvor. Er entwendete das Goethe-Kostüm nach der letzten Lesung, Wolle, Seide, rahmengenäht, und verschwand damit aus der Stadt. Vorgestern, mehr als zwanzig Jahre danach, begegnete ich ihm zufällig im Restaurant Borchardt auf der Treppe zum Klo wieder. Wir schauten uns kurz in die Augen, beide erinnerten sich, einander irgendwo in einem zweifelhaften

Zusammenhang schon einmal begegnet zu sein, beide schauten wir schnell weg und taten fremd. Er ging hinunter, ich zurück in den Speisesaal, wo mir einfiel, wer er war. Ab da beobachtete ich ihn. Er sah fabelhaft aus, schlank, gepflegt, dezent. Offensichtlich verdiente er sein Geld inzwischen als Begleiter eines Greises, der mit Glatze und hängender Unterlippe, einer schweren Goldkette um den Hals, einer auf den kahlen Schädel geschobenen Schildpattbrille und einem großen Brillanten am rechten Zeigefinger über seinem Teller hin und her baumelte und versuchte, mit schlottrigen Bewegungen die Fleischstückchen in seinen Mund zu schieben, die der windige Edgar ihm vorher zurechtgeschnitten hatte. Das Restaurant war leer. Es war nachmittags um vier, außer mir tranken nur noch drei versprengte Gäste Kaffee. Später führte Edgar seinen Herrn aufs Klo. Das Aufstehen war eine langwierige, komplizierte Prozedur. Das Gehen durch den Speisesaal dauerte wegen der winzigen Schrittchen ewig, doch Edgar bewahrte in jedem Moment Haltung. Nachdem die beiden endlich zurück waren, bestellte er die Rechnung, zahlte, führte das Gerippe hinaus, wo vor der Tür im Halteverbot ein burgunderroter Daimler stand, auf dessen Beifahrersitz er es büschelte, um sich dann selbst hinters Steuerrad zu setzen und loszufahren. Der Wagen hatte kein Berliner Kennzeichen. – Ich würde gern wieder einmal einen Abend mit Julian und der Schauspielerin verbringen.

Der Sommer ist dieses Jahr stark verregnet und viel zu kalt. Nur ganz selten schaut die Sonne kurz hinter den schweren Wolken hervor. Als ich das Cello hörte, schwach, kurz, mit unentschiedenem Strich, hatte ich mich sofort auf den Weg gemacht. Um es nicht schon wieder zu verpassen, war ich auf die Straße geeilt, ohne vorher die Schuhe zu wechseln. Ich trage zur Arbeit schwere, filzgefütterte, halbhohe Schuhe mit dicken Holzsohlen. Der Boden im Büro ist kalt. Die Schuhe lasse ich mir von meinem Bruder aus der Schweiz schicken, wo er sie auf einem Bauernmarkt für mich kauft; es sind eigentlich Stallschuhe. Man kann darin ausgezeichnet durch dampfenden Mist und über kalte Höfe schlurfen, morgens, noch bettwarm, vor Sonnenaufgang. Es wäre unangenehm gewesen, von Julian in diesen Schuhen ertappt zu werden. Auf städtischem Asphalt verleihen sie einem einen schwerfälligen Gang und erzeugen laute Geräusche, wie kleine Holztröge, die auf Stein geschlagen werden – Julian versteht in Garderobenfragen keinen Spaß. Nachdem er außer Sicht war, trogelte ich weiter, von verwunderten Blicken verfolgt. Ich klingelte bei Frau Schott-Zeterberg – nichts rührte sich. Auf ihrem Schild las ich, daß zur Zeit keine Sprechstunde war. Doch schon bevor ich klingelte, merkte ich, daß ich gar nicht ins Haus wollte. Ich stand vor der Tür und hatte die größte Angst, heute möglicherweise herauszukriegen, wer da spielt. Beim Gedanken, das Rätsel lösen zu können, wurde ich traurig. Hinter mir liefen zwei sehr bleiche Schulmädchen vorüber, ohne Cellokästen.

*Fortsetzung folgt*

## Dienerbewerbung

Ich stamme aus der Schweiz. Das ist ein schönes Land. Die Wiesen glänzen fett, die Berge leuchten, die Seen glitzern, ein einziges Paradies, das wie durch ein Wunder seit langer Zeit von Kriegen, Hungersnöten, Seuchen und anderen Katastrophen verschont geblieben ist. Großer Reichtum hat sich angesammelt. Die Möbel sind alt und gepflegt. Die Kinder auf den Straßen tragen ererbte goldene Uhren aus traditionsreichen Manufakturen; ihre Haare fallen weich und sorgfältig geschnitten in die gewünschten Richtungen; ein Glanz liegt darüber, daß man sich darin spiegeln möchte. Zum zwanzigsten Geburtstag schenken ihnen entfernte Verwandte Ferienhäuser an südländischen Hängen mit Meerblick, Häuser, die keiner so recht haben will, weil es bei jedem zu Hause schöner ist – kurz, das Land dämmert in sattem, warmem Überfluß. Verstehen Sie meine Not? Ich sehe, Sie begreifen nicht, was ich Ihnen auseinanderzulegen versuche. Wer, glauben Sie, kann sich seines Wohllebens freuen, wenn rundherum am Horizont die schwarzen Wolken des Elends sich hoch und höher türmen? Wer kann seinen Müßiggang genießen, solange er rundum argwöhnisch neidische Blicke vermutet? Niemand! Die Einwohner meiner Heimat haben naturgemäß angefangen zu grübeln, warum es ihnen so gut gehe, und mit den Jahren kamen sie zu der Überzeugung, es müsse Gründe geben für dieses Wohlergehen, gewiß sei es ihrer richtigen Lebensführung zu verdanken, daß das Unglück sie bis heute verschont habe. Tugenden wie Fleiß, Bescheidenheit, Sauberkeit, Pünktlichkeit, Sparsamkeit, Dankbarkeit und so weiter wurden verfeinert, gehegt, gepflegt und zur höchsten Perfektion getrieben. Doch je besser es dem Land erging, desto tugendhafter glaubten die Einwohner sich benehmen zu müssen. Je besser es ihnen erging, desto karger und freudloser fristeten sie ihr Dasein. Heute verdünnen sie, wenn sie beobachtet werden, ihren Wein mit Wasser. Sie essen, wenn sie beobachtet werden, trockenes, altes Brot. Obwohl sie sich Diener und Sklaven in Hülle und Fülle leisten könnten, decken sie ihre Hausdächer selbst, besohlen ihre Schuhe selbst, mähen ihre Rasen selbst, ziehen sich ihre Zähne selbst, pflücken ihre Beeren, Äpfel und Birnen selbst, schenken sie sich gegenseitig, wecken sie ein, stapeln sie, tragen sie auf, wenn Gäste kommen, seufzen, klagen über die Not, die anderswo herrscht, bemühen sich, davon erschüttert zu sein, leiden hier mit und da mit, empfinden Phantomkummer, denken dabei aber insgeheim immer, daß die Not gewiß nicht zufällig woanders grassiere, daß sich die Betroffenen wahrscheinlich ganz einfach nicht genug fleißig und gottgefällig bemüht hätten und deswegen gerechterweise von Schicksalsschlägen heimgesucht würden. Auf der anderen Seite bleibt natürlich die Ungewißheit, ob sie nicht vielleicht trotz vorbildlicher Lebensführung selbst von heute auf morgen plötzlich in Not geraten könnten, was sie dazu treibt, noch emsiger und rechtschaffener zu leben, wenn sie sich beobachtet wähnen. Sie gehen in der Öffentlichkeit geduckt, demütig, in ständiger Angst, irgendwann doch noch beim Wohlleben ertappt und vom so lange ausgebliebenen

Schicksalshieb niedergestreckt zu werden. Sie verfluchen ihr Wohlbefinden, verleumden ihre Gesundheit, zittern vor ihrem Glück, verleugnen es, mehr noch, sie reden den andern und sich ein, es besonders schwer zu haben, unter der Fron strengster Arbeit zu stehen, in Schweiß und Tränen durchs Leben zu wanken. Sie stöhnen und schwitzen auch tatsächlich von morgens bis abends, wälzen sich nachts schlaflos auf raffiniert ausgetüftelten Rheumabetten – denn erst durchs Tun kommt die Empfindung, das haben sie in importierten Erfahrungskursen gelernt –, halten sich auf diese Weise nieder und gehen als schwergeprüfte Geschöpfe durch ihr heiteres Land. Je schöner die Blumen blühen, je saftiger die Äpfel von den Bäumen fallen, je satter die Wiesen leuchten, desto mitgenommener, grauer, entsetzter huschen die Einwohner dazwischen durch. Begegnet ihnen ein Fremder, stürzen sie sich auf ihn, schleppen ihn zu der nächstbesten Erhebung, die sie als Aussichtspunkt bezeichnen, binden ihn dort fest und zwingen ihn, die Pracht rundherum zu bewundern. Sie deuten auf jede Winzigkeit und machen darauf aufmerksam, wie besonders schön gerade diese Winzigkeit doch sei, um in den Augen des Fremden auf gar keinen Fall den Eindruck zu erwecken, undankbar zu sein... Verstehen Sie? Nirgends fällt es schwerer, Freude am täglichen Dasein zu empfinden, als in der Schweiz an einem strahlenden Sommertag unter blaßblauem Himmel. Nirgends mußte ich mehr darben als zu Hause bei bester Gesundheit, prallster Brieftasche und mildestem Frühlingswehen. Denn wird ein Einheimischer dabei ertappt, wie er sich des Lebens freut und die Seen, Berge und Wiesen in aller Öffentlichkeit genießt, wie er praßt und schlemmt, weil alles da ist, dann fallen die anderen über ihn her, flehen ihn an, um Gottes willen von seinem schändlichen Treiben abzulassen, im Interesse aller sofort Buße zu tun, um den sonst unvermeidlichen Untergang ihres Gemeinwesens noch rechtzeitig abzuwenden. Versteht er die panischen Beschwörungen nicht, wird er gemieden, als sei er der Gottseibeiuns, wird verflucht, eingesperrt, noch lieber ausgesperrt und verbannt, und alle blicken furchtsam zum Himmel hinauf, mit schiefen Hälsen, ob der sich vielleicht bereits verdunkelt habe. Sie ducken sich und kriechen zurück in ihre Häuschen und Stübchen, die sie so winzig halten, damit man sich an allen Ecken und Enden stößt und gegenseitig im Weg ist, denn dem Unglück – so denken sie – gefällt es besser in großen, hellen Räumen mit guter Luft, also rücken sie eng zusammen, schließen die Fenster, damit das Unglück auf keinen Fall Lust kriegt, sich dazuzugesellen. Und sie entschuldigen sich, wo sie eintreten, für ihr Eintreten, wo sie austreten, für ihr Austreten, wo sie sind, für ihr Sein, und da soll einer atmen können?! In diesem Wahn, in dieser Erfindung Friedrich Schillers soll einer gedeihen?! In diesem Land voller Feiglinge, die sich nicht trauen, glücklich zu sein, soll einer aufblühen?! Bitte, helfen Sie mir. Nehmen Sie mich auf als Diener. Ich will tun, was Sie verlangen, will jeden einen guten Mann nennen, der sagt: Mir steht Glück zu, und darum habe ich's; weil ich stark genug bin, glücklich zu sein, bin ich glücklich; weil ich kräftig genug bin, es zu genießen und mich daran zu erfreuen, weil sich das Glück bei mir gut aufgehoben und geschätzt fühlt, deswegen bin ich glücklich; weil das Glück von mir akzeptiert und aufgebraucht wird, deswegen fliegt es mir zu...«

»Junger Mann, werden Sie nicht mein Diener, werden Sie glücklich, Sie Dummkopf. Härten Sie Ihr Herz und reißen Sie sich los vom Unglück. Jammern Sie nicht, wagen Sie, glücklich zu sein. Begeben Sie sich in die Gefahr, mit Ihrem Glück das Unglück herbeizulocken. Fordern Sie es heraus. Klagen Sie nicht. Beschuldigen Sie nicht andere dafür, daß Sie nicht glücklich sind. Und eines will ich Ihnen darüber hinaus sagen: Lassen Sie ab von Ihrer Überzeugung, das Land, aus dem Sie stammen, sei besonders attraktiv. Berge leuchten überall, Seen glitzern rund um die Welt, Blumen blühen am anderen Ende wie bei Ihnen zu Hause. Nur die Vermessenheit zu glauben, wo Sie herkommen, sei es besonders schön, macht Sie so ängstlich und unglücklich. Und noch etwas, ein Gemeinplatz wohl, den ich Ihnen im Namen aller mitgebe: Glück entsteht aus Verzweiflung. Nicht Seen und Wiesen oder sonst etwas Prachtvolles sind Auslöser davon. Sie können hierbleiben oder nach Hause zurückkehren, glauben Sie mir, weder das eine noch das andere wird Sie hindern oder befördern, glücklich zu sein. Nur wenn Sie recht am Ende angelangt und ohne alle Hoffnungen sind, tritt das Glück ein, wie die Sonne am Morgen aufgeht nach schwer durchwachter Nacht. Sie nennen sich verzweifelt? So werden Sie es bald nicht mehr sein. Was soll der Unfug mit der Dienerei. Ich brauche keinen Hausangestellten. Gehen Sie und reifen Sie.«

Jetzt, beim Durchlesen dieser Zeilen, kommt mir meine Antwort vernünftig vor. Ich habe Freude an mir und hoffe.

# Der Besuch

Länger als üblich blieb es in diesem Jahr dunkel. Dann brach der Sommer herein. Alle Knospen sprangen auf, Holunder, Flieder, Akazien – ein schwerer, süßer Duft hing über der Stadt. Die Menschen blieben stehen, wo sie gerade gingen. Sie rissen sich die Mäntel vom Leib, zogen die Pullover aus, knöpften die Hemden auf, wischten sich die klebrigen Haarsträhnen aus der Stirn, blinzelten aus gereizten Augen, und zwischen den Beinen begann es sie zu brennen. In starken, schwülen Windböen trieben die Flokken der Pappelblüten über die Plätze. Die Leute verfluchten die angebrauchte Winterkleidung, in der sie steckten; ihre nassen Gesichter glänzten; bleiche Unterarme wurden entblößt; rote, feuchte Hände wurden auf klebrige Caféhaustischchen gelegt, damit sie dort in der stechenden Sonne trocknen konnten. In ihrer Verstörung bestellten einige Gäste Bier, ohne es zu wollen; der Schweiß rann ihnen über die Schläfen; das Bier leuchtete im hellen Licht; die Kinderwagen standen vergessen neben Rosensträuchern auf dem Asphalt. Die Haut war schlecht geworden im langen Winter, sie mußte an die Luft; die Füße steckten in zu heißen, zu engen Schuhen; die roten Augen tränten. Die Pappelblüten deckten den Platz flaumig zu.

Laß uns ins Grüne fahren, wie alle. Wohin fahrt ihr? Nach Spremberg, ihr? Nach Gräul, und ihr? Nach Naunstein, dort ist es wunderschön, schön wie hier, das Bier ist kühl dort, die Wege eben, auf, laßt uns fahren, kommt, dort gibt es Bier wie hier!

Jungverheiratete Paare mit Kleinkindern gehen vorneweg; jungverheiratete Paare mit Kleinkindern gehen hinterher; die Kinder werden an den Oberarmen gepackt und geschüttelt; einige von ihnen kriegen knappe, nackte, stumme Schläge hinter die ausrasierten Ohren; die Väter haben geblähte Schenkel; ihre Hosen sind gebeult und locken zu schnellem, beherztem Griff in die Pracht; die jungen Mütter strotzen in den Hüllen; festes Fleisch für die Katz – war's das? Kinderwagen werden geschoben, Dreiräder mitgeschleift, die Väter tragen Polohemden und schwingen beim Gehen die nach außen gebogenen Arme, bedrohlich langsam, weit weg vom Körper. Auf den Bänken am Wegrand sitzen Rentner und mustern finster, was an ihnen vorüberzieht; alles geht zugrunde; das eine Bein, das schmerzende, haben sie ausgestreckt auf den Gehstock gelegt.

Irgendwo dazwischen, allein, sitzt eine alte Frau mit schütterem Haar. Sie hat ihr Leben lang an die Medizin geglaubt und befolgt, was die Ärzte ihr befahlen. Heute ist sie siech, steif, von dumpfen, allgemeinen Schmerzen geplagt. Sie sitzt da und freut sich. Sie muß warten. Ihre einzige Tochter ist zu Besuch. Sie kommt zwei-, dreimal im Jahr für ein, zwei Tage. Sonst lebt sie weit entfernt in einer großen Stadt ihr unglücklich glückliches Dasein ohne Aussicht auf Besserung; lebt so hin, altert, hat sich vor Jahren mit einem Mann verheiratet, der wenig spricht, mit dem sie oft und gern ins Bett geht, immer mit Verhütungsmitteln. Sie wollen keine Kinder.

Seit Jahren treiben sie es so. Sie haben ein Schlafzimmer

mit rosa gestrichenen Wänden und rosa Vorhängen, im Schrank haben sie Genitalien aus Plastik, Kunststoffslips, Gummipeitschen, schwarze Lacklederstiefel, Sporen, Vibratoren, was sie sich im Lauf der Jahre aus verschiedenen Versandhäusern haben schicken lassen; damit spielen sie herum. Er hat dicke dunkle Adern an den Beinen, sie hat wogende weiße Schenkel mit feinverästelten lila Äderchen drauf. Er hat schlechte Zähne, ihr brechen die Haare und die Fingernägel. Einmal, zweimal, dreimal im Jahr besucht sie für ein, zwei Tage ihre ferne Mutter, die die restliche Zeit allein verbringt, mit einer dreirädrigen Gehhilfe ihre Einkäufe tätigt und sich unbändig freut auf den jeweils nächsten Besuch ihrer Tochter. Meine Tochter kommt zu Besuch.

Dann ist sie da, die Tochter, stumm; sie fahren zusammen während der Pappelblüte oder der Herbströte im Bus hinaus nach Fahlstein an der Fahl, wo sie ein paar Schrittchen am Ufer entlang machen, stumm; es gibt nichts zu erzählen; überall ist es gleich, alles wird teurer, die Menschheit ist so oder so. Dann setzt die Tochter die Mutter auf eine Bank und geht allein weiter, mit großen Schritten, während die Mutter glücklich dasitzt, krumm, und wartet. Meine Tochter ist zu Besuch, wir machen einen Ausflug. Sie betrachtet den Zug der Spaziergänger, den würgenden Strom, der sich an ihr vorüberwälzt, und freut sich, daß sie eine Tochter hat, die sie dann und wann besuchen kommt und mit ihr Ausflüge macht. Eine liebende Mutter mit Pergament über den Wangenknochen. Die Tochter stapft verdrossen am Ufer der Fahl entlang, schaut mürrisch auf die Tretboote draußen, kehrt um, kommt zurück, hilft der Mutter auf und führt sie in das Ausflugscafé, wo sie stumm nebeneinandersitzen. In einem Unterstand, einer sogenannten Konzertmuschel, erledigt ein Quintett aus Litauen Musik; die Stücke haben es nicht besser verdient; liebedienerische Melodien, zum Gefallen irgendwelcher ehrgeizigen Duodezfürsten komponiert. Die Mutter fragt, wann kommst du wieder, kommt dein Mann nächstes Mal mit? Die Tochter gibt vage Antworten. Die Mutter schaut vorwurfsvoll zum benachbarten Tisch, wo sich die Gäste ihrer Meinung nach zu laut unterhalten. Unverschämt! So führt man sich in der Öffentlichkeit nicht auf. Das hast du gelernt. Wir haben dir nützliche Dinge beigebracht, nicht wahr?

Wer ihrer Tochter Schlechtes nachsagt oder zufügt, den verflucht sie. Das Kind ist geboren, sie sitzt im Kunstlicht, sie wartet auf das Ende, das ist Würde. Sie schauen stumm vor sich auf den Tisch. Die Tochter hat manchmal, wenn sie weit weg in der Stadt ihren Tag lebt, ein zärtliches Gefühl für die Mutter; das steigt in ihr hoch, bleibt im Hals stecken, dann ist es wieder weg. Sobald sie die Mutter sieht, fühlt sie sich unendlich niedergeschlagen. Die Mutter öffnet glücklich ihre Arme, schließt sie um die Tochter, küßt sie auf die Wangen, und das ganze Elend bricht über der Tochter zusammen, daß sie auf dem Absatz kehrtmachen möchte. Einmal im Jahr begleitet der Mann mit den dunkel geschwollenen Adern seine Frau zu ihrer Mutter. Auch er schweigt. Alles ist gesagt, überall ist es gleich, was soll sein, teurer wird alles. Sie fahren zu dritt an die Fahl, setzen die Mutter auf eine Bank und gehen dann zu zweit mit großen Schritten dem Ufer entlang, um sich Luft zu verschaffen, treibend im langen, würgenden Strom der Ausflügler und der Hunde, und sie seufzen.

## Sommer

Gestern saß Pfluddi auf dem Brückengeländer und ließ seine dummen, nackten Beine baumeln. Er flehte mich an, mit mir spielen zu dürfen. Zur Prüfung warf ich einen Ast bachaufwärts und befahl ihm, ihn barfuß aus dem schleimigen Wasser zu holen. Es war nach der Mittagspause, wenn die Panke gelb ist und besonders stark nach faulen Eiern stinkt. Pfluddi wollte nicht. Der Ast kam angetrieben. Ich blieb hart. Als Pfluddi merkte, daß ich nicht mit mir spaßen ließ, zog er seine Sandalen und Socken aus und sprang ins Wasser. Ich schmiß die Socken und die Sandalen hinter ihm her. Ich hasse seine fleischigen Knie. Bei dem Versuch, seine Sachen zu retten, rutschte er aus und fiel in die Brühe. Danach roch er den ganzen Nachmittag ekelhaft, und ich hielt mir die Nase zu und machte Würggeräusche, wenn er mir zu nahe kam.

Zur Belohnung für die bestandene Prüfung duldete ich ihn dann als Begleiter. Ich schickte ihn voraus, er mußte mir die Brombeerranken hochhalten. Wir krochen am Ufer der Panke entlang bis zur lichten Stelle. Dort fesselte ich Pfluddi und legte Laubäste auf ihn, weil sein fetter Anblick eine Beleidigung war für meine Augen. Er weinte ein wenig. Ich schlug mit einer Brennessel auf seine dummen, nackten Beine und erklärte ihm, daß ihm das als Lehre dienen solle, er müsse seine Beine auch im Sommer verhüllen, da sie Ekel auslösten. Pfluddi versprach es. Ich ließ ihn liegen und machte mich allein auf den weiteren Weg um die Biegung. Die Frauenleiche, die ich tags zuvor dort unter dem Gebüsch entdeckt hatte, war verschwunden. Ich brütete und verfluchte den Nachmittag.

Als ich zurückkam, weinte Pfluddi nicht mehr. Ich nahm die Äste von ihm und betrachtete ihn. Er war von Mücken zerstochen und preßte die Lippen aufeinander. Ich öffnete seine Hose und zog sie ihm runter. Dann nahm ich eine Rute und schlug auf seinen rosaroten Hintern. Die Frauenleiche war weiß gewesen. Du darfst nicht soviel essen, sagte ich, oder du mußt mehr scheißen. Das üben wir jetzt. Ich steckte ihm die Rute hinten hinein und befahl ihm, sie herauszupressen. Nachdem er das getan hatte, zeigte ich ihm meine Beretta-Pistole. Dann löste ich seine Fesseln, versicherte ihn meiner Wertschätzung und lobte seine Tapferkeit. Ich gestattete ihm trotz seines bestialischen Gestanks, meine Füße zu küssen und sich als meinen Diener zu betrachten. Er war sehr froh darüber und weinte vor Dankbarkeit; meine Füße wurden naß davon. Ich ließ ihn mit der Pistole einen Schuß auf eine Ente abfeuern. Die Ente flatterte davon. Auf dem Rückweg kroch ich voraus und hielt für Pfluddi die Brombeerranken in die Höhe. Er war scheu, vor Angst fast gelähmt.

Heute ließ ich mich von ihm an der lichten Stelle über die stinkende Panke tragen. Er hatte mir eine Prinzenrolle mitgebracht, um dafür den Nachmittag wieder mit mir verbringen zu dürfen. Obwohl ich ihn mitsamt seiner jämmerlichen Prinzenrolle verachtete, akzeptierte ich seine Dienste, denn ich brauchte einen Träger, der mich über den Bach trug. Auf der andern Seite fesselte ich ihn erneut und legte seine Beine ins Wasser, weil er wieder in kurzer Hose angekommen war. Er behauptete, seine Mutter habe ihm keine lange erlaubt. Ich befahl ihm, in Zukunft mehr Willensstärke zu zeigen, und ließ ihn darüber nachdenken, während ich durch eines der zerbrochenen Fenster in das stillgelegte Fabrikgebäude kletterte, das ich erkunden wollte. Ich gelangte in eine riesige Halle; der Boden war voller Glassplitter. Hinten war eine Empore, von der ein langer, schummriger Korridor mit unzähligen Türen abging. Die Türblätter hingen schief in den Scharnieren, oder sie fehlten ganz. Eine Tür war intakt und geschlossen. Ich sprang dagegen. Sie gab nach. Ich fiel in ein kleines Zimmer, wo ein übelriechender, verschorfter Mann auf einer Schaumgummimatratze am Boden kauerte. Er blinzelte mich aus verschreckten Augen an, stellte sich als Wohnungssuchender vor, entschuldigte sich stammelnd für seine Anwesenheit und bot an, unverzüglich zu verschwinden. Ich überlegte, ob es einen Grund gab, mich zu empören, doch fiel mir keiner ein; ich schaute meine Pistole an, steckte sie weg und schenkte dem Penner die Prinzenrolle. Dann forschte ich weiter, entdeckte ein großes ehemaliges Pissoir mit vielen Schüsseln an den Wänden und Fotos von nackten Frauen mit geöffneten Beinen. Das Schenkelfleisch auf den Fotos war ausgebleicht. Eine Frau hielt mit den Fingern ihre Spalte auseinander und eröffnete auf diese Weise meinem Blick den Zugang in ihr Inneres. Ich studierte alles genau. Es roch beißend nach Urin, obwohl bestimmt seit Jahren kein Arbeiter mehr hier gewesen war. In den Ecken lagen frische Kothaufen. Meine Hände waren schmutzig geworden. Ich pinkelte darüber und wusch sie im warmen Strahl. Dann ging ich zurück.

Pfluddi war in der Zwischenzeit aus der Panke herausgekrochen und lag in der prallen Sonne. Er klagte über Kopfschmerzen und behauptete, keine Sonne ertragen zu können. Ich löste ihm die Fesseln, um mich zurücktragen zu lassen. Er bettelte um einen Keks aus der Prinzenrolle. Ich erinnerte ihn an seine schändliche Fettleibigkeit, setzte mich auf seine Schultern, wischte meine Hände an seinen Haaren ab und gab ihm die Sporen. Mitten im Bach kippte er um. Ich wurde zornig und drückte ihm den Kopf unter Wasser. Doch bald merkte ich, daß er es nicht aus Ungeschick getan hatte, sondern ohnmächtig geworden war. Ich zog ihn also ans andere Ufer und zerrte ihn an seinen weichen Beinen in die Höhe, damit ihm das Blut in den Kopf zurücklief. Bald kam er zu sich und flehte um Vergebung. Du bist schwach zum Erbarmen, sagte ich, ich lasse dich laufen. Einen richtigen Namen wirst du dir nie erringen können, du wirst ewig als Pfluddi in meiner Erinnerung bleiben. Geh. Und ich würdigte ihn keines weiteren Blickes, hielt ihm jedes Zweiglein, jede Brombeerranke wie ein Diener wortlos zur Seite, und kaum waren wir auf der Kolberger Straße, rannte er auf seinen dummen, nackten, fleischigen Beinen über die Brücke davon, Richtung Transvaalstraße, wo er wohnte. Ich will nichts mehr mit ihm zu tun haben.

# Sol

Er verbrachte eine sonnige Kindheit und bekam den Spitznamen Sol. Als er alt genug war, wurde er zum Militär geschickt und schlief mit mehreren jungen Männern zusammen in einem Saal. Das gefiel ihm. Frühmorgens wurden sie geweckt und kriegten frisches, warmes Brot mit Konfitüre. Er kam aus einem Haus, in dem auf gesunde Ernährung geachtet wurde und also das Brot mindestens einen Tag alt sein mußte, bevor es gegessen werden durfte. Dementsprechend leuchteten seine Wangen rot, und sein Bartwuchs war welpenzart, als er die Kaserne zum erstenmal betrat. Viele hielten ihn für ein Mädchen und faßten ihn umständlich an. Sie hätten ihn am liebsten an sich gepreßt. Plötzlich aber begann sein Bart zu sprießen und wie wild zu wachsen. Das machte die Bitterkeit. Ohne Warnung war sie in seine Glieder geschossen. Er reifte, wie es heißt, in wenigen Tagen zum Mann. Zuerst wollte er sich umbringen, weil die Welt nicht so war, wie er sie sich vorgestellt hatte. Er wußte nicht, daß er ihr hätte nachgeben und sich in sie einfügen müssen. Er sperrte sich gegen sie, bis seine Muskeln und Sehnen naturgemäß rissen und er zum gebrochenen Mann wurde, der nur mehr haltlos schlingernd im Strom seiner Zeit trieb. Man nahm diese Entwicklung mit Beruhigung zur Kenntnis, schubste ihn zur Probe noch etwas hierhin und dorthin, er flappte und lallte nach, was er aufschnappte, also ließ man ihn in Frieden und wendete sich den Nachfolgenden zu. Sol weiß heute nicht mehr, wer er ist. Er bewegt sich wie eine Qualle, unbestimmt, voll und weich. Der Wind weht ihm Sand zwischen die Zähne, die keine mehr sind und nicht knirschen. Aus Kneipen, Büros und Anstalten ruft man ihm zu: Hallo, Sol, setz dich ein wenig zu uns, und er pumpt sich an die verschiedenen Tische, seine Quallenfransen hinter sich her schlenkernd. Man kann ihn mit den Fingern anstupsen, er gibt nach, lacht zahnlos in die Runden, hat vergessen, was er wollte, ist nur noch, was man von ihm will, die Strömung bestimmt, wohin es geht, er läßt sich treiben.

Als Knabe war er in den Ferien regelmäßig aufs Land geschickt worden, wo er Runkelrüben ernten mußte. Die Rüben waren verfault. Seine kleinen Hände griffen in kalte, nasse Matsche, was unschön war. Die Engerlinge mißfielen ihm. Er zertrat sie. Wer einmal mausgroße Kakerlaken zertreten hat, weiß, was für ein Brei da herausquillt, und er erinnert sich daran, wie wenig schön das ist und wie übel es riecht. Vor Sonnenaufgang wurde Sol jeweils geweckt und rüstete die Kühe zum Melken, was ihm gut gefiel: die heißen, prallen Euter von Stroh und Kot zu befreien, darüberzustreicheln, sie abzuwischen, die Zitzen zu drücken, benebelt vom dampfenden Geruch der Tiere. Später gab es Frühstück. Das schmeckte ihm. Der Käse war Käse, der Kaffee Kaffee, die Milch war Milch, das Brot Brot, die Butter Butter. Mehr gab es nicht. Was da war, war in rauhen Mengen da, was nicht da war, war ebenso entschieden nicht da. Es roch wundervoll nach Stall, während die Knechte, der Bauer, die Familie und die Magd um den Tisch herum kauten und schlürften, die Fensterscheiben beschlagen waren und die Sonne aufging. Man schwieg. Dann warf der Bauer vage Tagesbefehle in die Runde, mit ferner Traumstimme. Der eine Knecht erhob sich wortlos, die Magd folgte, ein weiterer Knecht brach auf. Zu Sol sagte der Bauer, geh du mit ihm, mit ihr, mit mir, je nachdem. Meistens kam es darauf heraus, daß er Steine von den Äckern aufsammeln sollte, manchmal Kartoffeln ernten, manchmal besagte Runkelrüben. Am liebsten half er Wiesen einzäunen. Die Knechte schleppten die Drahtrollen, spitzten mit Äxten Zaunpfähle zu, schlugen sie in den Boden, spitzten zu, schlugen ein und zogen weiter. Sol ging hinterher. Manchmal ließ er sich absichtlich fallen, als sei er auf dem morastigen Grund ausgerutscht, damit die Knechte ihm ihre riesigen, warmen, dreckigen Hände reichten, an denen er sich hochzog. Er errötete, wenn so eine mächtige Hand seine schmale umschloß. Die Knechte wußten nichts anzufangen mit ihm. Er verstand kaum, wovon sie redeten. Ihr Dialekt klang dunkel und wild. Die Fachausdrücke der Landwirtschaft waren ihm überdies fremd. Wenn sie etwas zu ihm sagten, fragte er: Bitte? Dieses Bitte regte die Knechte auf. Weil es beinahe auf jeden ihrer Sätze folgte, begannen sie ihn für schwerhörig zu halten und weniger, dafür lauter mit ihm zu sprechen, worauf er – weil er sie nach wie vor nicht verstand – weiterhin mit seinem Bitte? reagierte, was die Knechte vollends zum Verstummen brachte. Wortlos und wütend verrichteten sie die restliche Tagesarbeit. Sol hielten sie für hochmütig und nannten ihn bloß noch den kleinen Bitte. Wären da nicht seine glatte Haut, seine leuchtenden Augen, seine zarten Glieder gewesen, sie hätten ihn gehaßt. Am Abend aber, wenn die Arbeit getan war, streichelten sie mit ihren rauhen Händen über seine Haare, sein Gesicht, seinen Rücken und nannten ihn Kälbchen. Im Stall war er gut zu gebrauchen. Er kratzte die Kuhfladen mit der dafür vorgesehenen Harke in die Kotrinne, welche die Knechte Schorrgraben nannten, worauf er wie immer mit Bitte? reagiert hatte. Dann verzettelte er den Rest Stroh, mengte neues dazwischen und verteilte alles zusammen mit der Mistgabel unter den warmen Bäuchen der stehenden Kühe. Das vollgeschissene Stroh mit den Fladen schichtete er auf eine Schubkarre, die ein Knecht auf dem Miststock entleerte. Zum Schluß schob er die Matsche aus Kuhfladenresten und Pisse die Kotrinne hinunter Richtung Abfluß am Ende des Stalls, wo der Brei durch ein Loch in die Jauchegrube pladderte. Das alles gefiel ihm. Einmal war eine Kuh stierig. Sie verdrehte die Augen und stand verrenkt in der Reihe. Die Knechte warnten Sol, er solle sich vor ihr in acht nehmen. Am nächsten Tag kam ein Nachbar mit einem Stier. Die Kuh wurde hinter den Hof geführt, wo man sie in einem spitz zulaufenden Holzgerüst festband. Der Bauer salbte ihren Hintern mit einem glitschigen Zeug, dann führte der Nachbar den Stier an einem Nasenring hinzu, dieser sprang mit den Vorderbeinen auf die Kuh, sein roter Schwanz schoß aus dem Bauch und peitschte wild umher, der Bauer richtete ihn auf die Vagina der Kuh, der Stier stieß zu, die Kuh schaute verschielt. Das war schön. Auch wenn der Eber zur Sau gebracht wurde, oder wenn der Schlachter kam, um ein Schwein abzustechen und es danach in den dampfenden Bottich zu werfen und zu entborsten, war das für Sol schön. Er kriegte glühende Wangen, die Knechte lachten und sagten anzügliche Fachwörter, worauf Sol bitte? fragte. Die Knechte verstummten zornig, sahen aber, daß er nicht wußte, was hier vor sich ging, also legten sie ihre riesigen Hände auf seinen winzigen Po und drückten versöhnlich zu.

Später zog Sol nach Neapel, wo er im Zoologischen Garten Arbeit fand. Er war für das Ausmisten der Papageienkäfige zuständig und nagelte Brutkästen aus Brettern von gebrauchten Tropenholzkisten zusammen. Papageien zernagen ihre Brutkästen zu Spänen. Bei Tropenholz dauert das wegen dessen Härte etwas länger. Leim durfte keiner verwendet werden, weil die Gefahr bestand, daß die Papageien sich daran hätten vergiften können. Die für die Vogelabteilung zuständige Frau war äußerst gewissenhaft und fachkundig. Sie lehnte einheimische Angestellte ab, weil die ihrer Meinung nach keinen Bezug zu Tieren hatten. Sie behauptete: Was nicht gegessen werden kann, taugt in den Augen eines Neapolitaners nichts; ihr Interesse an eingesperrten Tieren wie auch an frei laufenden Katzen und Hunden beschränkt sich darauf, sie mit Steinen aus dem Schlaf aufzuscheuchen oder mit verfaulten Lebensmittelresten zu bewerfen, um zu sehen, wie sie darauf reagieren; bei Affen freuen sie sich über die Fickerei. In der Tat hatte Sol niemals vorher eine ähnliche Rammelei beobachten können wie in den Affenkäfigen Neapels. Überall leuchteten erigierte, rote, glitschige Stifte hervor. Vielleicht hatte es mit dem Klima zu tun, das fast tropisch war, als er dort arbeitete. Viele der anderen Tiere litten darunter. Sie kriegten zuwenig Wasser, siechten in ihren ungepflegten Gehegen dahin, und die Wärter reizten sie zum Spaß der Zuschauer mit langen, spitzen Stangen, die sie ihnen in die Flanken stießen.

Der Direktor war ein alter, weißhaariger Herr, eine Kapazität, der viel von Tierhaltung in Gefangenschaft verstand und international hohes Ansehen genoß. Er kümmerte sich vor allem um die angegliederte Quarantänestation. Sämtliche Tiere aus den warmen Zonen Afrikas, Südamerikas und Indiens werden auf Schiffen oder in Flugzeugen zuerst nach Neapel gebracht, um sich dort während ein paar Wochen an Europa akklimatisieren zu können. Insofern hat dieser Zoo eine herausragende Stellung, und man ist stolz auf seine am Rand der Stadt gelegene Quarantänestation. Der Tierpark im Zentrum hingegen wird stiefmütterlich behandelt. Er ist etwas für die arme Bevölkerung, und selbst die besucht ihn nur nebenbei, auf dem Weg zum Lunapark, einem ganzjährig geöffneten Rummelplatz, der an ihn angrenzt.

Dem Direktor stand eine alte Fiat-Diesel-Limousine als Dienstwagen zur Verfügung. In den engen, verstopften Gassen Neapels wirkte der Wagen wie eine Staatskarosse. Er war doppelt so lang wie die meisten anderen Fahrzeuge, etwas höher und sehr schwarz. Meistens stand er in der Garage neben dem Haupteingang des Zoos. Er wurde nur herausgeholt, wenn gerade kein kleineres, wendigeres, neueres Auto zur Hand war. Die Einheimischen mochten ihn nicht fahren wegen seiner Behäbigkeit, also fiel Sol das Amt des Chauffeurs zu. Er war jung, und es machte ihm größtes Vergnügen, die schwarz glänzende Limousine mit einem weißhaarigen Herrn im Fond durch den anarchischen Stadtverkehr zu steuern. Meist ging es hinaus aufs Land, wo der Direktor sich beim Essen mit Geldgebern, Kollegen oder Politikern besprach, in einem Restaurant, wie es sie heute kaum noch geben wird. Der Direktor wurde als Stammgast auf dem Vorplatz liebevoll begrüßt, umarmt, von Kopf bis Fuß betrachtet, wieder umarmt, dann in die Küche geführt, wo man ihm zeigte, was da war. Der Direktor tätschelte den frischen Fisch, die rosigen Fleischstücke, roch an den Melonen, am Basilikum, diskutierte mit dem Koch über die Zubereitung und einigte sich mit ihm auf eine Speisenfolge. Dann setzte er sich mit Sol und seinen Gästen an den Tisch. Das Essen wurde wie zu Hause in großen Schüsseln serviert, man trank Wein, redete, die Mittagshitze erreichte ihren Höhepunkt, Fliegen summten, der Alkohol stieg einem zu Kopf, man nickte im Sitzen kurz ein, döste ein wenig, trank einen Kaffee, Obst wurde gereicht, Käse, Kekse, Schnaps, und irgendwann ging es ans Bezahlen, was ein Akt von majestätischer Einfachheit war, wie ihn Sol später nie wieder erlebt hat: Der Wirt sagte, geben Sie mir, was es Ihnen wert war, der Direktor zückte ein paar Geldscheine, nicht zu viele, nicht zu wenige, ganz selbstverständlich, legte sie auf den Tisch, erhob sich, dankte, warf Kußhände in die Küche und verabschiedete sich. In der größten Spätnachmittagshitze fuhren sie zurück. Die Büffel standen im Schatten der Olivenbäume. Der Direktor schlief im Fond. Sol schreckte dann und wann vom Steuer hoch – eine unangenehme Eigenschaft, derentwegen er heute kein Auto mehr fährt: das Fahren wirkt auf ihn wie das Geschaukeltwerden in einer Wiege. Nach einer halben Stunde hinter dem Steuer ist er ganz ruhig, stoisch, absent, und nach einer weiteren Viertelstunde schläft er. Einen Wagen hat er aus diesem Grund zu Schrott gefahren. Es ist ihm nichts passiert – Schlafende sind wie Betrunkene, ihnen geschieht selten etwas Ernsthaftes –, aber seither läßt er die Hände vom Steuer.

Einmal mußte er den Direktor in die Nähe Roms bringen. Dort lebte ein Prinz, Principe Ruffo, auf seinem Landsitz, einem märchenhaft großen Gut inmitten von Weinbergen. Er hatte den Zoologen herbestellt, um sich beraten zu lassen, wie er es anstellen müsse, wenn er auf seinem Land ein Freigehege für wilde Tiere einrichten möchte. Er stellte sich eine Art Wildreservat vor, wo Löwen, Krokodile und Giraffen in künstlich freier Wildbahn gehalten, gezeigt und beobachtet werden sollten. Sol rollte mit der schwarzen Limousine über den Kiesplatz vor dem herrlichen Gutshof auf der Anhöhe. Die Reifen knirschten. Der Prinz trat aus der Tür und kam ihnen durch die gleißende Sonne entgegen. Er trug Knickerbocker und erinnerte in seiner Erscheinung an einen bayrischen Landjunker. Seine Kinder spielten in der Auffahrt. Sie fingen Eidechsen an einer heißen Mauer. Sol wurde bei ihnen gelassen. Sie sprachen französisch mit ihm. Das Kindermädchen, das sie beaufsichtigte, war Französin, und so dachten sie, Französisch sei die Sprache der Angestellten. Bald meldete ein Diener, das Mittagessen sei bereit. Er führte die Kinder, das Mädchen und Sol in den Garten, wo eine lange, weiß gedeckte Tafel an Ketten unter Pinien hing. Etwa zwanzig Leute setzten sich daran, Gutsverwalter, Kindermädchen, Hausdamen, Sol, die Kinder, natürlich der Prinz, seine Gattin, und als Ehrengast der Zoologe, der mit äußerster Zuvorkommenheit behandelt wurde. Was für ein paradiesischer Ort, ein Pinienhain! Der lichte Schatten, den er spendet. Der weiche Boden darunter, der dank der gefallenen Nadeln wie ein Roßhaarpolster federt. Die

Zikaden, die schnarren. Das Fehlen jeglicher Fliegen und Mücken, die den Duft des Pinienharzes nicht vertragen. Sol war begeistert. Das Essen schmeckte ihm fürstlich. Er lernte gebackene Zucchiniblüten kennen. Und erst der Wein! Der Prinz, ein gebildeter Mann mit Neigung zu allem Germanischen, freute sich über den guten Esser und Trinker. Der Direktor schlummerte, der Tisch schwankte leise hin und her, die Hitze flimmerte über den staubigen Hügeln, irgendwann kam die Rede kurz auf Tiger, das Thema war in fünf Minuten durch, ganz leicht nur, am Rand, wurde es angetippt, dann sprach man über Pferde, über Weinbau, über Schnecken und deren Zubereitung. Am späten Nachmittag wurde die Tafel aufgehoben. Der Direktor war alt und wollte vor Einbruch der Dunkelheit zu Hause sein. Er setzte sich in den Fond und schlief sofort ein. Sol träumte sie beide zurück. Zweimal schreckte er hoch. Mit quietschenden Reifen entkamen sie ihrem vorzeitigen, gewaltsamen Ende. Der Direktor brummte etwas. Daheim angekommen, schaute er ihn verschlafen an und sagte: Auch müde gewesen? – Leider war er einer von denen, sie sich nicht gern fortbewegen. Er sagte: Wer etwas von mir will, wird herkommen. Er liebte es, den Kopf sphinxartig in den Abendwind zu halten, die Pfoten nebeneinander vor sich, die Krallen eingezogen, die Augen halb zusammengekniffen, harrend, träumend, sich erinnernd an Gras, das ihm einst den Bauch gekitzelt, an glatte, von der Sonne aufgewärmte Steine, auf denen er sich ausgeruht hatte, an schützende Kuhlen im Sand, an die jeweils letzte Nacht, ans Schlafen, an die Natur, die blüht, duftet, verwelkt, stinkt. Er sagte: Was für ein Unsinn, auszuziehen, das Glück zu suchen, anstatt vor Ort zu bleiben und es auf sich zukommen zu lassen. Er war ein guter Umgang. In seiner Obhut wäre Sol glücklich geworden. Leider ist er nicht bei ihm geblieben und heute darauf angewiesen, Glück zu haben.

Er kriegt leicht Blasen. Vererbung. Deswegen hat er sich angewöhnt, seine Füße zu pudern und feste, englische Lederschuhe zu tragen. Darin geht er durch den Wald und denkt – ans Leben, das vergeht. Daran sollte er besser nicht denken, denn es regnet. Beim Nachdenken kann es leicht geschehen, daß man stehenbleibt und nicht spürt, wie man bis auf die Haut naß wird. Man schaut vor sich hin, bewegungslos, die Augen erstarren und fangen an zu brennen, weil man vergißt zu blinzeln, Kälte steigt in die Füße, die Haut wird blaß, fiebrige Röte breitet sich über die Wangen aus, und schon stirbt man an einer Lungenentzündung, weil man ans Leben gedacht hat. Bevor es soweit kommt, wischt sich Sol die triefenden Haare aus der Stirn, schüttelt die Tropfen von der Nase und geht weiter, den Waldweg höher und höher, tritt hinaus auf die Wiese, die steil vor ihm liegt, steigt sie hinauf, gleitet aus, fällt hin, klammert sich an Grasbüscheln fest, freut sich über die von den Kühen eingestampften Querrinnen, auf denen er Halt findet, und oben angelangt, setzt er sich unter die allein stehende Buche. Er betrachtet die Landschaft im Regen, die dunklen Äcker, in denen nasse Steine wie Silberklumpen glitzern, Äcker, aus denen er in seiner Jugend solche Steine gelesen hatte.

Viele Jahre sind vergangen seitdem. Heute kehrt er zurück, im besten Alter, wie es heißt, gesund, kräftig, zum Mann gereift. Er will sehen, was aus dem Bauern geworden ist, aus den Knechten, der Magd, dem Hof, aus all den Dingen, die es nicht mehr gibt. Ein Vogel hat sich vor ihm ins nasse Gras gesetzt. Sol fällt auf, daß er weder weiß, wie der Vogel heißt, noch, wie alt so ein Vogel wird. Er schaut ihn an, wischt sich das Wasser aus den Augenbrauen und ist begeistert von der Tatsache, daß er von Tag zu Tag mehr nicht weiß. Der Vogel fliegt auf und weg. Sol geht weiter.

Im Hof kommt ihm alles kleiner vor, wie das immer ist, wenn man nach längerer Abwesenheit irgendwohin zurückkehrt. Das Klo, ein sogenanntes Plumpsklo, befindet sich an der alten Stelle. Der Schweinestall daneben ist neu betoniert. Sol tätschelt der heißen Sau den Rücken. Der Bauer hat keine Haare mehr auf dem Kopf. Einer seiner Arme ist steif. Der eine Knecht ist gestorben, den anderen mußte man entlassen, der dritte lebt in einem Altersheim. Die Magd hat geheiratet. Neue Angestellte gibt es nicht.

Nur ein sechzehnjähriges Mädchen, eine entfernte Verwandte, sitzt am Ende des Tischs und kaut. Ein stiernackiges Wesen mit einem schwarzen Schnurrbart. Sie ist dazu da, die Hühnereier einzusammeln, die Pferde zu striegeln, die übriggeblieben und nutzlos im Stall stehen, den Garten zu bestellen, im Haushalt zu helfen, den Kühen mit einer Stahlbürste den verkrusteten Kot aus dem Fell zu kratzen, ihre Euter sauberzuwischen und sie morgens und abends an die Melkmaschine anzuschließen. Ihre Hände sind kräftig; sie glänzen fett, feucht und warm. Die Arme sind rund, die Beine dick, die Haut ist voller Grieß. Die Fingernägel sind abgenagt, die Füße tapsig wie die eines Kindes. Würde man sie in die Hand nehmen und mit dem Daumen auf die Sohle drücken, würden sich die roten Zehen spreizen, und schwarze Würstchen würden dazwischen hervorlachen.

Dieses dampfende Mädchen bewohnt die hinterste der drei neben dem Heuboden liegenden Gesindekammern. Wenn sie auf die Toilette will, muß sie durch die anderen beiden Kammern, dann eine Treppe nach unten, dort über den gepflasterten Innenhof bis zum Klo, das über der Jauchegrube steht. Von den aufsteigenden Gärgasen und dem Geruch nach Kühen, Schweinen und Pferden wird man benommen. In die Tür ist ein Herz geschnitten, auf Kopfhöhe, durch das der kühle Nachtwind zieht. Aus dem Wald ist das Käuzchen zu hören. Im Stall stampft ein Pferd, die Schweine rülpsen im Traum, die Rinder furzen. Das Mädchen sitzt da, das kühle, glatte Holz schmiegt sich an ihre Schenkel, zwischen denen sich der Bauch weiß wölbt. Das Mädchen träumt vor sich hin, der Nachtwind weht herein, es riecht nach frisch geschnittenem Gras, eine Sau schnauft, die Kühe käuen wieder. Dann steht das Mädchen auf und tappt auf ihren Elefantenfüßen zurück über das Kopfsteinpflaster, das von Spreu, Blut und Mist schwarz gesprenkelt ist, die Treppe hinauf, durch die beiden dunklen Zimmer, in denen während der Saison Erntehelfer untergebracht sind, zurück in ihr warmes Bett, wo sie sogleich wieder einschläft.

Heute liegt im einen Zimmer der fremde Mann, der Gast. Er rührt sich nicht, wenn sie vorübertappt. Nachdem alles wieder ruhig ist, streichelt er die Katze auf seiner Decke. Er lauscht durch die dünne Holzwand auf das Schleifen in der Nase des tief atmenden Mädchens. Er steigt vorsichtig aus dem Bett – die Katze macht sich schwer –, geht hinüber, auf Zehenspitzen, und schaut den dunklen Kopf an, der dort wie die Spitze eines Spargels aus dem hellen Federbetthügel sticht. Der Mond scheint herein. Das

Mädchen schnauft, der schwarze Schnurrbart zittert, die dicke Nase glänzt, das Ohrläppchen leuchtet prall und dunkel.

Sie kann kaum lesen und schreiben und würde nicht verstehen, was er da will. Er streicht mit der Hand über die kühle Decke, die auf dem heißen Körper liegt, dann schaut er zum Stuhl an der Wand, wo die Kleider des Mädchens liegen, geht hin, befühlt die Strümpfe, den Rock, dumme, einfältige Stoffe. Er nimmt den Haufen, hebt ihn auf, legt ihn dann aber, heftig den Kopf schüttelnd, wieder hin. Er ist bloß wegen dieses Mädchens geblieben. Die Vorstellung, eine Nacht in der Gästekammer neben ihr zu verbringen, erregte ihn. Jetzt steht er da in seinem zäh gewordenen, bleichen Fleisch, seiner knotigen Nacktheit, vor dem Haufen ihrer Kleider. Mücken sirren um seinen Kopf. Er schaut hinüber zum Bett.

Gute Nacht, schlaf weiter, die du über keinen Funken Geist verfügst, und bevor du erwachst, will ich dich aus dem Papier entlassen, in dem du dich nicht zu bewegen weißt, hinaus in die strahlende Morgensonne mit der heißen Milch und dem frischen Brot, dem Hahn, der kräht, der Katze, die gähnt, und den Knechten, die dich bespringen wollen, all dem Zeug, das es längst nicht mehr gibt.

Das Mädchen würde nicht verstehen, warum es in dieser Geschichte vorkommt. Zu Curry sagt es Guri, zu Salatkräutern Herpes, weil auf dem Glas Herbes pour salades steht. Ihr ist nicht wohl. Natürlich weiß sie, was draußen, hinter dem Hof, vor sich geht. Sie schaut zu und wird wütend, wenn darüber anzügliche Bemerkungen gemacht werden. Für sich selbst kann sie es sich nur in der Dunkelheit vorstellen und mit einem Mann, von dem sie kein Bild hat. Der Gast erreicht ihre Träume nicht. Sein After-shave sticht ihr unangenehm in die Nase. Was er sagt, versteht sie nicht. Als er sie am Tisch etwas fragte, antwortete sie darauf mit einem argwöhnischen Was? Der Gast versuchte, sich einfacher auszudrücken. Kennt man eigentlich heutzutage in Ihrer Position geregelte Arbeitszeiten? – Was? – Ich meine, gibt es eine festgelegte Anzahl Stunden pro Woche, die Sie arbeiten? Oder ist das gleitend? Haben Sie beispielsweise ein Anrecht auf Feierabend, auf Freizeit? Dieses Wochenende, um konkret zu sein, besteht da für Sie die Möglichkeit, tanzen zu gehen? – Was? – Wie sagt man hier? Kirmes? Kirchweih? Jahrmarkt? Treffen Sie sich manchmal abends, am Samstag abend zum Beispiel, mit anderen jungen Leuten aus der Gegend, mit Burschen? – Er begann zu schwitzen, verhedderte sich. Seine Gedanken, seine Sätze kamen ihm altbacken vor. Das Mädchen schaute ihn an. Sie saß am Ende des Tisches, hatte aufgehört zu kauen, der Mund war voll.

Und auf einmal hat man eine Vergangenheit, ist derjenige, der von Dingen redet, die es nicht mehr gibt, kann Jahre zusammenfassen und daraus Geschichten stampfen mit Tod, Liebe, Verzweiflung, unbegreiflichen Vorkommnissen – je weiter zurück, desto unbegreiflicher –, ist vollgestopft mit ausrangierten Wörtern wie Magd, Knecht, Atzung, Gespan, Treue, Ehre, Blutegel, Tanzboden, ist, ohne es gemerkt zu haben, der schmierige Schwätzer geworden, der nach unbrauchbaren, vermoderten Gegenständen riecht, nach Leiche, der alte Mann, der von sechzehnjährigen Mädchen faselt.

# Der weinende Sänger

*Erinnerung an eine literarische Figur*

Dieses singende Kalb mit den schmierigen Haaren, dieser anonyme Tenor mit den breiten Hüften und dem hohen Frauenpo, der aufgedunsene Liebling, dessen Name mir entfallen ist, aus der Novelle, deren Titel mir entfallen ist – wer könnte den je vergessen. Seine langen, schütteren, blondgefärbten Haare, die unselig großen Füße, den speckigen Kragen. Die ungepflegte, geduckte, modrige Erscheinung; wie er sich in Gaststätten aufbäumt gegen die schlechte Bedienung, den zu teuren Wein; wie er sibirisch schnauft, laut und unflätig das Personal beschimpft; wie sich in seinen Mundwinkeln weißer Schaum bildet und wie er regelmäßig zurücksackt, lächerlich geworden; dieses erhabene Versagen.

Wenn ich durch die großen deutschen Städte gehe, die nicht mehr schön sind, aber unvergleichlich weit und offen, wo der Himmel wunderbar darüberhängt, wo wir uns frei fühlen, weil wir Platz haben zum Denken auf den Bürgersteigen und weil wir niemanden kennen, dann taucht er auf: Theodore Zertz.

Er ist fett geworden mit den Jahren. Seitdem ich ihn gelesen habe, hat er bestimmt zwanzig Kilo zugenommen. Die graue, großporige Haut, das aufgeschwemmte Gesicht, der Talg ... Zum Geburtstag werde ich ihm ein Paar Pferdelederschuhe schenken, Firma Alden, Typ Ohio, Größe 45, das sollte passen. In der Novelle oder in meiner Erinnerung trägt er schlechte Schuhe. Die Hosen sind unten an den Rändern durchgewetzt, Fäden hängen über die schiefen Absätze in Pfützen, er stinkt. Seine Füße kommen mir erbarmungslos riesig vor. Wenn ihm Geld runterfällt, hat er Schwierigkeiten, es von der Erde aufzuheben, weil er so langgewachsen und dick ist. Es gelingt ihm nur unter größter Anstrengung, bis an den Boden zu reichen.

Seine Geschichte steht in unseren Schulbüchern. Eine flache, öde Nordseeinsel kommt darin vor, Wörter wie Wattenmeer, Halligen, Sturmflut, Deich, Schlick, Kapitän, Lachmöwe, tiefer, grauer Himmel tauchen auf, es regnet, und eine Mutter tritt auf, eine runzlige, taube Mutter in schwarzen Röcken, Mütterlein mag sie genannt sein, zahnlos und gut, eine alte Mutter, die auf der Insel ausharrt und sich das Brot vom Mund abspart für ihren Sohn – das macht die Geschichte erst richtig fett.

Theodore ist einige Jahre älter als ich. Damals, als ich ihn las, war er – laß mich nicht lügen – neunundzwanzig. Heute wird er auf die Fünfzig zugehen, zumindest sieht er so aus. Er hat sich stark verändert. Die Verzweiflung wütete in ihm, das Gesicht ist zerstört. Er trinkt und raucht Unmengen. Ekelhaft. Ich kann Zigarettenrauch nicht ausstehen, und doch denke ich mit großer Zuneigung an ihn, ja die Tränen steigen mir in die Augen, wenn ich mich nur lange genug mit ihm beschäftige: der wunderbar zarte Theodore Zertz, der seine arme, alte Mutter belogen hat und betrogen, weil er sich, ungelenk, wie er war, die Fertigkeit zu enttäuschen nie anzueignen vermochte.

Wir alle kennen die Novelle, von der hier die Rede ist, doch sind wir vergeßlich. Die einen können keine Namen behalten, die andern keine Zahlen, die dritten können sich keine Autoren merken, die vierten vergessen gleich die ganzen Geschichten – so fasse ich zur Erinnerung den Inhalt zusammen:

Theodor Zertz wächst als Sohn armer Eltern auf einer Insel in der Ost- oder Nordsee heran, wird vom Dorfschullehrer und vom Pastor schon früh als musikalisch bezeichnet, hat zarte Glieder, dunkle Augen, wird aufs Festland geschickt zu den Salesianern, wo es kein Schulgeld kostet, singt dort im Knabenchor mit, die Spur verliert sich, er taucht in London wieder auf, wo er vorhat, am Konservatorium Gesangsunterricht zu nehmen; er getraut sich nicht, die Aufnahmeprüfung zu machen; nach ein paar Monaten schreibt er nach Hause, er sei angenommen worden, die Eltern möchten ihm bitte das Schulgeld und Geld zum Leben überweisen, und ab da folgen in regelmäßigen Abständen Briefe, die von seinem Fortkommen in der Schule berichten.

Die Eltern sind glücklich, zahlen und zahlen, Geldboten- und dörfliches Postschalterkolorit retardiert den Lauf des Geschehens aufs angenehmste, die Eltern verkaufen Hab und Gut, verpfänden Haus und Hof, verschulden sich und lesen voller Freude, wie die Gesangsstunden vorangehen, wie Thedor sich nun Theodore nennen muß, wie er in Kirchen bei Messen die Soli singt, lesen Wörter wie Vibrato, Timbre, Trinity Church und Covent Garden, Benefizkonzert und bitte Geld.

All die Briefe verfaßt Theodore in der schäbigsten Londoner Dachmansarde, wo er seine Tage verdöst. Abends trinkt er in billigen Pubs Bier und verpraßt das Geld, das die Eltern ihm schicken, grölt herum, wenn er betrunken ist, lädt andere Nichtstuer zum Mittrinken ein.

Und der Vater stirbt und die Mutter ertaubt und Theodore kann wie er schreibt auf Grund eines Engagements nicht zur Beerdigung kommen mit der Bitte um Geld und die Mutter schickt ihm Geld und Geld und Geld und wird kleiner und runzliger schnurrt ein bis sie endlich gar nicht mehr kann und Theodore in einem rührend unbeholfenen Brief bittet nach Hause zu kommen sie fühle den Tod nahen und würde ihn gerne ein letztes Mal in die Arme nehmen und ihm ihren Segen geben beiliegend das Billett für die Überfahrt leider nur dritter Klasse.

Und wie er nun angereist kommt in seiner abgerissenen Kleidung, das Meer ist schwarz, Schnee fällt vom Himmel, das schiefe Mütterlein, die verkrüppelten Kiefern, der ausgelaufene Riesensohn, wie er torkelt, an Land, die taube Greisin umarmt, betrunken, laut, und sie, wie sie ihn bittet, den berühmten Sohn, einmal, nur einmal für sie zu singen; das Grauen, wie es ihn zerreißt; und wie die beiden zur Kirche gehen, das schwankende Paar, biblisch, den dunklen, kalten, nassen, niedrigen Raum betreten, wie der Sohn sich auf die Empore stellt, die Mutter sich unten hinsetzt, und dann, wie der Sohn zu grölen beginnt, zu gurgeln, zu pressen, ein Ave-Maria, so gut er sich aus seiner Schulzeit erinnern kann, mit weit aufgerissenem, verspeicheltem Mund, in dem angefault die Zähne stehen, und wie ihm die Tränen über die Wangen laufen, wie er brüllt, mit großen Gesten, inbrünstig, so, wie er sich einen Tenor vorstellt, entsetzlich, und unten, die taube Mutter, wie sie zu ihm hochschaut, wie sie in ihrer Phantasie den hellsten, reinsten Engelsklang vernimmt, und wie auch ihr die Tränen über die Wangen laufen, vor Stolz und Glück, und dann stirbt sie, und Theodore besteigt wieder das Schiff und so ... Eine unsägliche Geschichte im Grunde genommen. Ich fürchte, sie würde mir heute nicht mehr gefallen, zu viel Aktion, zu zielstrebig. Die armen Figuren, die ihr ganzes erzähltes Leben nur führen, damit Theodore am Ende in der klammen Dorfkirche seiner sterbenden Mutter Ave Maria vorsingen kann, leben für eine Pointe, das macht mich mißtrauisch.

Ich möchte das Original nicht wiederlesen. Ich bin ganz froh, es nicht mehr zu kennen. Theodore ist mir auf meine Art lieb geworden, er hat sich in meiner Vergangenheit eingenistet, dort Wurzeln geschlagen und neu getrieben. Ich werde älter, und er geht mit mir aus dem Leim.

Ohne zu jammern, läßt er sich vom Leben an meiner Seite zerfetzen. Wie eine alte Puppe; das Ohr baumelt an einem Faden, die Zähne fallen aus, das Stroh schaut unter den Armen hervor, aus dem Knie sticht ein gebogenes Stück Draht – alle Scharten, Narben und Defekte, die er trägt, habe ich ihm zugefügt, und nichts nimmt er mir übel, er bleibt mir treu, so lange, bis ich ihn endgültig über Bord werfe, und nicht einmal das wird er mir nachtragen. Was soll mir da das Original, womöglich aus einer Meisternovelle, grauenvoll, wo es einen neunundzwanzigjährigen Schwindler vorstellen mag, der vielleicht sogar singen kann, alles an seinem Platz – das würde ich nicht ertragen.

Erschreckend, wie wenig übrigbleibt von erzählten Gestalten – ein Augenaufschlag, eine mißmutige Wendung des

Kopfes, vor allem: ein Klang. Das liegt in ihrem Charakter. Sie sind nichts ohne Hintergrund. Werden sie aus ihren Zeilen, aus ihren Satzteilen herausgeholt, lösen sie sich auf. Entweder verflüchtigen sie sich gleich, oder sie fahren in einen, setzten sich fest und warten darauf, neu geformt zu werden, immer neu.

Auch wenn ich andere Geliebte vorstellen möchte, Valentino von Natalia Ginzburg zum Beispiel, Mario Massa von mir, Tschechows Professor Nikolai Stapanovič Soundso zusammen mit Katja – in diesen Fällen kann ich mich wenigstens noch an die Namen erinnern –, ergeht es mir mit ihnen nicht besser als mit Zertz: Sie lassen sich nicht greifen, nicht vorführen.

Ich sage, kennst du den alten Stern aus William Carlos Williams' Gedicht – wie heißt es noch? Der Titel fällt mir nicht ein, eine Stille entsteht, eine Leere breitet sich aus, ich werde verlegen, verstockt, und bald breche ich auf. Ich habe zwar die Gewißheit, all diese Figuren in- und auswendig zu kennen, doch kein Satz, kein Wort, gar nichts fällt mir zu ihnen ein, wenn es soweit ist. Alles scheint mir zu wenig, zu ungenau oder zu intim. Auch über meine nächsten Freunde kann ich nichts sagen. So ist das.

Mein Theodore Zertz hat bestimmt nicht mehr viel zu tun mit dem Original anderen Namens, doch das ist mir egal. Dank dem Umstand, daß ich ihn vergessen habe, konnte er überleben und mir ans Herz wachsen. Er hat heute gelbe Finger vom Nikotin, er hat Schorf auf dem Kopf, die Schuhe schnürt er lose zu, die Knöchel sind geschwollen.

Was für einen Papierhelden auch immer er in seinem

ersten Leben gespielt haben mag, es ist ihm davon nichts mehr anzumerken. Aus was für einem Dreigroschenroman auch immer er entsprungen sein mag, ich verdanke dieser Geschichte einen Liebling, und das ist eine großartige Sache.

# Balz

Staub liegt auf den Dingen und vermag nicht mehr aufzufliegen. Wir stehen da, schleppen uns weiter, die Beine schwer und müde – aber wir fallen nicht um, das Haus bricht nicht über uns zusammen; alles steht; die Städte sind Kulissen, in denen das Echo fehlt; der Geruch der Dinge hat sich verflüchtigt; der Wind ist weg; eine ganze runde Welt ohne jeden Inhalt.

Früher war das anders. Da verstanden die Menschen noch zu sterben. Zu jener Zeit war Balz ein Kind. Man setzte sich auf einen Stuhl und starb, man legte sich ins Bett und starb, oder man fiel in der Küche zu Boden und war tot. Die Wege zur Schule und zum Bäcker führten durch Wiesen und Äcker. Milch wurde in einem Blecheimer geholt; manchmal verschüttete man sie auf dem Nachhauseweg und wurde dafür bestraft. Heute kann sich keiner mehr daran erinnern, wie das Sterben vor sich geht. Alle haben längst erledigt, was sie im Leben erledigen wollten, und sitzen nur noch da. Der eine greift nach einem Buch und liest, um die Zeit zu überbrücken, der andere nestelt an seinem Kleid, an seiner Frisur, damit alles seine Richtigkeit hat, der dritte rechnet zur Sicherheit noch einmal nach, ob er alles korrekt gemacht hat in seinem Leben, der vierte spielt unaufmerksam ein wenig Klavier – alle Augenblicke schauen sie zur Tür, ob der Tod gerade eintrete; doch das tut er nicht. Manche essen gern, manche trinken gern, die freuen sich, wenn sich ein kleiner Hunger oder Durst regt, den befriedigen sie. Vielen bereitet Essen und Trinken keine Freude mehr. Sie tun es nur noch aus Gewohnheit, Pflicht, kauen, schlucken, dann erheben sie sich und spülen ab.

Schon mit vierzehn Jahren stand Balz so stramm auf seinen Beinen, daß manchen die Sehnsucht packte, sich an ihm auszuruhen wie an einem sonnenbeschienenen Fels. Als Kind ist man nicht in der Lage, seine Sehnsüchte lesen und ausdrücken zu können. Die Lust, sich an Balz anzulehnen, äußerte sich darum eher in Schubserei und Geschiebe. Jeder versuchte, Balz aus dem Gleichgewicht zu bringen. Man trat ihm von hinten in die Kniekehlen, rempelte ihn von der Seite an, indem man ihn mit der vorgeschobenen Schulter ansprang, gab ihm von vorne unerwartet mit der flachen Hand einen Stoß, nachdem man ihn zur Täuschung in ein Gespräch über Eisenbahnen verwickelt hatte. Sein Kopf war quadratisch und dick. Seine Unterlippe schob er mürrisch nach vorn. Er trug einen Brille und hatte die höhere Beamtenlaufbahn im Visier. Seine Standfestigkeit wurde immer vorbildlicher. Er war der Fels im Rhein bei Stein. Seine Füße waren groß, seine Beine stämmig, sein ganzer Körper war massig, breit und hoch. Heute könnte er einen Gegner wahrscheinlich mit einem einzigen Hieb zerschmettern. Sein Vater, ein Riese, der das Sterben noch kennengelernt hatte, verschied früh, weswegen Balz allein bei seiner Mutter aufwuchs, die ebenfalls sehr groß gewachsen war; Balz entstammte, könnte man sagen, einem Hünengeschlecht.

Von der Balzerei hielt er nichts. Er eröffnete den Frauen ohne Umschweife, was er von ihnen wollte, und die Frauen lehnten seine Ansinnen mit ebensowenig Umschweifen ab, was Balz in keiner Weise verdrießen konnte, denn er wußte, daß alles seine Zeit braucht. Er fuhr fort, seine Forderungen bei den Frauen anzumelden, wobei er das Überflüssige aus seinem Katalog verwarf, das Wichtige präzisierte, die Wassertriebe der Schmeichelei kappte und alle Fäden der Umgarnung durchtrennte. Mit dem zweiundzwanzigsten Geburtstag hatte Balz die gültige Form gefunden. Von nun an legte er seinen Antrag den Frauen schriftlich vor, um ihnen auf diese Weise genügend Muße zu geben, das Für und Wider abzuwägen, und sich selbst alle zeitraubenden Umwege zu ersparen. Da stand:

»Willst Du den Rest Deines Lebens an meiner rechten Seite verbringen? Ich schreite die mittlere Beamtenlaufbahn ab. Den Traum von der höheren habe ich mir rechtzeitig aus dem Kopf geschlagen. Auf diese Weise habe ich hochtrabende Phantasien und bittere Enttäuschungen, die das Leben eines Mannes in gefährliche Turbulenzen bringen können, beseitigt. Mittlere Beamtenlaufbahn, das bedeutet für mich, meine Frau und meine beiden Kinder – die in die Welt zu setzen ich mir fest vorgenommen habe – einen gesicherten Lebenswandel.

Falls ich sterbe, werdet Ihr siebzig Prozent meines Monatsgehalts weiter ausbezahlt kriegen. Überdies habe ich eine Lebensversicherung abgeschlossen, nichts Berauschendes, ich bin kein Nebukadnezar, aber es reicht, um das Leben, das wir im letzten Monat vor meinem Tod gemeinsam führten, ohne mich in gleicher Qualität weiterführen zu können. Im Fall von Invalidität meinerseits sind ebenfalls sinnvolle Regelungen getroffen worden; die Vergütung für Hand-,

Arm-, Bein-, Augen- und Gehörverlust sind vernünftig aufeinander abgestimmt; ich gewähre jederzeit gern Einsicht in meine Säulenarchitektur. Des weiteren kann ich eine in Aussicht stehende Eigentumswohnung bieten – da lebt zur Zeit noch meine Mutter drin; sie ist dreiundfünfzig Jahre alt und erfreut sich guter Gesundheit, wird die Wohnung voraussichtlich also noch etwa dreißig Jahre nutzen, dann gehört sie mir –, dazu ein Generalabonnement für alle öffentlichen Bahn-, Bus- und Schiffahrtslinien unseres Staates, das den Beamten der mittleren Laufbahn in zweiter Klasse zur Verfügung gestellt wird und jederzeit zu günstigen Konditionen auf Familienangehörige ausgeweitet werden kann. Erbsparverträge liegen zwei vor, Staatspapiere sind gezeichnet. Was ich verlange, sind Ehrlichkeit, Pünktlichkeit, Sauberkeit, Zuverlässigkeit und weibliche Tugenden, von denen ich nicht reden will, weil ich sie nicht kenne. Dazu stelle ich mir die erwähnten zwei Kinder vor, denen leise Musik beigebracht werden muß – ich habe mich erkundigt, es gibt für die verschiedensten Instrumente Schalldämpfer. Die Kinder gehören später aufs Gymnasium, von wo sie anständige Zensuren nach Hause bringen sollen. Weihnachten feiern wir gemeinsam mit meiner Mutter, der zweite Weihnachtstag steht für Deine Familie zur Verfügung. Was die Küche anbelangt, so möchte ich mich nicht an neue Gewürze gewöhnen müssen. Ich habe im Verlauf meines Lebens herausgefunden, was für mich gut ist, und daran möchte ich festhalten. Eine Freude kann man mir bereiten, wenn man die Gerichte, die zu meinen Leibspeisen zählen, mehrmals im Monat aufträgt. Für Ferienvorschläge innerhalb unserer Möglichkeiten bin ich offen. Ich hoffe, diese Offenheit wird nicht über Gebühr strapaziert. Im Schwarzwald, zum Beispiel, ist es sowohl im Sommer wie im Winter, im Frühling wie im Herbst sehr schön. Ich erwähne den Schwarzwald nur als Beispiel für ein Ferienziel, das mir lieb wäre; aber die Bereitschaft, mich auf vieles einzulassen, ist eine Tugend, die mich hinsichtlich Ferienziel absolut auszeichnet. Andere Tugenden werden sich zu gegebener Zeit erweisen. Hier meine Fehler: ein Hauch Starrsinn, der aus der Eigenschaft Beharrlichkeit entsprossen ist; Rechthaberei, die aus meiner fachlichen Kompetenz keimte; Leichtsinn, der aus der verführerischen Sicherheit herrührt, in der die mittlere Beamtenlaufbahn einen jeden wiegt; Draufgängertum, das ich von meinem Vater geerbt habe, der ein Feuerkopf war und sich als selbständiger Steuerberater, also freischaffend, durchs Leben schlug; Träumerei, die auf meine Lehrjahre zurückgeht, welche ich in einem Amt für Reparationsfragen verbrachte, wo ich aufgrund mangelnder Beschäftigung – es gab hierherum seit Generationen keinen Krieg und also keine davon herrührenden Schäden mehr zu bearbeiten – oft tagelang in verzweiflungsvollem Nichtstun verdöste; und eine kleine Marotte: Ich liebe Hausschuhe aus Filz, sogenannte Filzpantoffeln, die mir einen etwas ältlichen Anstrich verleihen. Ich bitte, das zu akzeptieren. Ich denke sogar, die Vorteile von Filzpantoffeln deutlich machen und nach und nach die ganze Familie davon überzeugen zu können, ebenfalls welche zu tragen, was sinnvoll wäre, da es bestimmt mit einigem Rabatt belohnt wird, wenn jeweils vier Paar Filzpantoffeln auf einmal gekauft werden, und, da wir vier die nächsten dreißig Jahre auf jeden Fall in einer Mietwohnung verbringen werden, wären Filzpantoffeln so oder so nicht die dümmste

Hausschuhvariante, um die Mieter unter uns nicht unnötig mit Schrittlärm zu behelligen. Auf eine Gier muß ich noch hinweisen: Ich will mit der Frau, die ich heirate, jeden Tag zweimal Geschlechtsverkehr praktizieren. Ich habe in diesem Zusammenhang einen Arzt konsultiert; er sagte, das sei zwar unüblich, bewege sich aber im Rahmen des Natürlichen; es wird Starker Sexualtrieb genannt. Im übrigen mache ich darauf aufmerksam, daß ich Bücher liebe. Ich besitze eine große Bibliothek und hasse es, wenn dort Staub gewischt wird. Bücher dürfen ruhig einstauben. Wenn ich eines hervornehme und es liegt Staub darauf, gehe ich damit ans offene Fenster und blase den Staub herunter. Bücher leiden unter staubwischenden Feudeln und Lappen. Ich lese jeden Tag. Ein Tag, an dem ich nicht gelesen habe, ist kein Tag für mich. Es gibt bisher drei davon in meinem Leben, die habe ich gestrichen aus meiner Erinnerung. Dichter will ich unter keinen Umständen kennenlernen, will nichts über sie hören oder erfahren, bin in diesem Punkt eigen und aufbrausend, will nur lesen, was sie geschrieben haben. Daraus ziehe ich, was auf der mittleren Beamtenlaufbahn nicht sprießt und wächst, und auf diese Weise balanciere ich mich aus und erreiche es, ein Muster an Gleichmut darzustellen. Haustiere möchte ich keine, da ich mich zu sehr mit ihnen beschäftigen würde. Wenn uns eine Katze zulaufen sollte, werden wir sie umgehend in ein Tierheim bringen, auch wenn mir dabei die Tränen in die Augen schießen sollten. Wir müssen in dieser Beziehung hart mit mir bleiben. Eine zugelaufene Katze könnte mich und unser ganzes Leben zerstören. Wir werden nicht einmal ein Vogelhäuschen aufhängen vor unserem Fenster. Wenn wir Tiere füttern wollen, gehen wir in die freie Natur, am Sonntag. Einmal, zum dreiundfünfzigsten Geburtstag vielleicht, werden wir zusammen über Portofino nach Capri fahren. Ich liebe die Lieder, die von diesen beiden Orten handeln, und ich vermute, daß ich auch die Orte lieben werde. Auf die Reise nehmen wir einen Koffer voller Bücher mit. Die Kinder lassen wir zu Hause – sie sind, wenn ich dreiundfünfzig werde, bereits erwachsen und wissen sich selbst zu unterhalten. Ich erwarte von meinem Leben, daß es schön sei und erfüllt. Ich will nicht kosten von dem Leid, das hinter jeder Ecke lauert. Mit etwas Geschick und Vernunft werde ich meine Familie von einer sonnigen Lichtung zur nächsten führen, und meiner Frau wird es neben mir wohl ergehen. Allein die Tatsache, daß ich jetzt so gezielt nach einer solchen Ausschau halte, zeigt deutlich die Richtung meines Strebens: Ich denke, mit zweiundzwanzig ist es an der Zeit, sich zu vermählen, um das Glück, das bereits da ist, zu verdoppeln. Es könnte auch ein Mann sein, den ich suche. Die Bedingungen, die er zu erfüllen hätte, wären dieselben. Ich möchte nicht durcheinandergebracht werden. Ich bin von krachender Harmlosigkeit, wenn Du mir diese vergnügte Ausdrucksweise für dieses eine Mal erlaubst. Ich möchte nie an den Satz erinnert werden. Das Glück, mit dem ich rechne, ruht fest verankert in mir.«

Balz hatte später einen stark behaarten Körper. Sein Nacken war breit. Die Gesichtszüge waren starr wie aus Stahl. Er trug eine dicke Brille und weinte manchmal, wenn er in seinen Büchern las, zum Beispiel von Charles Bovary, der ein vortrefflicher Buchheld ist, ein tapsiger Riese, der mit großen Händen kleine, kalte Vögelchen vom Boden aufhebt, Vögelchen, die eben gerade aus dem Nest gefallen sind, während um seinen Kopf die verzweifelte Mutter flattert, zetert und zittert; Charles streckt ihr das Junge entgegen, unbeholfen lächelnd und Besänftigungen flüsternd; die Vogelmutter pickt von oben in seinen Schädel; das Blut rinnt ihm aus den Haaren über die breite Stirn; er bittet um Verzeihung, das Vogeljunge fiept erbärmlich; es fühlt sich schlapp, nackt und klebrig an; die blaugrauen, blinden Augen unter dem Häutchen erschrecken Charles; der weiche, aufgesperrte Schnabel mißfällt ihm; er kann die schweren Arme kaum noch über seinem Kopf halten; irgendwann legt er das Vögelchen auf einen von der Sonne erwärmten Mauervorsprung, geht verstört nach Hause, um dort Milch zu suchen, Wurst, Brot, Käse, womit er das Vögelchen füttern will, und als er zurückkommt, rennen durch dessen leere Augenöffnungen Ameisen ein und aus.

Balz traf den Ton. Eine Tänzerin aus dem städtischen Ballett reagierte feurig auf seinen Antrag. Sie sagte, sie heiße Irina, liebe klaren Wein – den sie Tatarenblut nannte – und wolle auch welchen einschenken. Sie halte jeden von Balz angestrebten Schritt auf dem Weg zum Glück für vielversprechend und wolle gern mitgehen. Nur kochen möge sie nicht. Als Tänzerin habe sie keine Zeit für Haus und Herd. Er solle bei seiner Mutter essen oder aber mit ihr, der Tänzerin, in die Kantine des städtischen Theaters kommen, wo sie während der Probenpausen leichte Kost zu sich nehme. Balz hatte Verständnis für den Einwand, änderte seine Vorstellungen in diesem Punkt ab, und so heirateten die beiden.

Ein Schreiner montierte in Balz' Wohnung den Wänden entlang Ballettstangen; Spiegel wurden angebracht, und die Möbel wurden beiseite geschafft, damit Irina zu Hause trainieren konnte. Sie tat das in Wollstrümpfen, was Balz anfangs irritierte, da er von seiner Filzidee überzeugt war und die Frage der Hausschuhe gern in seiner Richtung gelöst gesehen hätte; aber er fand Irina in Wollstrümpfen über alle Maßen anziehend, und so sagte er nichts, zog ihr die Wollstrümpfe aus und drang in sie ein. In den Theaterferien wurden die erwarteten zwei Kinder geboren (Irina legte die Schwangerschaften so, daß sie keinen Tag mit Tanzen aussetzen mußte). Zuerst kam ein Mädchen, Bertha, ein rosiges, strammes Ding, das entweder lustig quiekte oder selig schlummerte. Balz nahm sie tagsüber mit auf seine mittlere Beamtenlaufbahn, wo er überall viel Freude mit ihr auslöste. Man ließ sie in den Büros herumkrabbeln, an den Telefonschnüren ziehen, in die Papierkörbe kriechen; man gab ihr Bananen zu essen und hängte Schaukeln in die Flure. Ein Jahr später kam Bert zur Welt, ein winziges, runzliges, gelbes Kerlchen, das unter Verdauungsschwierigkeiten litt und von morgens bis abends vor Schmerzen winselte; wenn Balz ihn hinlegte, um ihm die Windeln zu wechseln, schoß aus dessen runzligem Po ein grüner, übelriechender Strahl und besudelte Balz von oben bis unten. Der wechselte seinen Anzug und las Bert zum Trost etwas vor, Besänftigendes von Klopstock oder Rilke. Irina stammte, wie Name und Beruf vermuten lassen, aus Rußland, wo ihre ganze große Familie nach wie vor lebte. Balz erklärte, er möge ihre Verwandtschaft lieber nicht kennenlernen, da sie eine Sprache rede, die er nicht verstehe. Laß Rußland Rußland bleiben, behalte deine Familie in guter Erinnerung, das wird sonst unüberschaubar, sagte er, worauf Irina einwilligte; sie überschritt die Grenze Richtung Osten nie mehr, und ihre Eltern starben irgendwann in seligem Angedenken. Nur Balz' Mutter, die Riesin, kam hin und wieder zu Besuch. Sie setzte sich einmal unglücklicherweise auf Bert, weil es keine Sitzmöglichkeiten gab in der Wohnung. Das Kinderbettchen ächzte unter ihrem Gewicht. Balz gab zu bedenken, das Möbel sei für einen kleinen Kinderkörper konzipiert und nicht für das Gewicht einer erwachsenen Großmutter von ihrer stolzen Statur; das Bettchen laufe Gefahr zu zerbersten. Also erhob sich die Mutter wieder – wie staunte man, als das grüne, zerknitterte Knäblein unter ihr zum Vorschein kam. Es mußte sofort zu einem Arzt gebracht werden, der es rettete, indem er es mit einer Art Luftpumpe aufblies, um seine weichen Rippchen in die richtige Lage zurückzubiegen. Bert seufzte nach der Behandlung tief durch, die überflüssige Luft entwich, dann ging sein Gewinsel wieder los, und Irina und Balz strahlten vor Glück, weil sie ihren Sohn wiedererkannten. Die Mutter forderte für alle Zukunft einen Stuhl, der für sie ganz allein dastehen und allezeit frei bleiben müsse. Es sei eine dumme Geschichte, was ihr da mit ihrem Enkel passiert sei. Der arme Kleine behalte sie womöglich in schlechter Erinnerung, nur weil man an Stühlen gespart habe. Bertha hüpfte derweil vergnügt vor den Spiegeln auf und ab, Irina machte Pliers in ihren dicken Wollsocken, und Balz bat die Mutter zu gehen, weil er nun sein Glied in Irina hineinstecken wolle. Die Mutter ging, Balz zog Irina die Strümpfe aus, worauf sie anmerkte, er könne ihr nicht jedesmal, wenn sie anfange zu üben, die Strümpfe ausziehen und in sie eindringen, man müsse eine andere Regelung treffen. Aber Balz machte es sehr gern, und Irina freute sich an seiner Freude. So gingen die Jahre hin. Bert erholte sich, wurde gesund und kräftig wie Bertha, die beiden gingen aufs Gymnasium und brachten anständige Noten nach Hause, wurden erwachsen, spielten gedämpft Klavier und Geige, schlugen die höhere Beamtenlaufbahn ein, und Balz und Irina reisten zu Balz' dreiundfünfzigstem Geburtstag über Portofino nach Capri, was ihnen große Freude bereitete. Sie fotografierten sich gegenseitig.

Ich hätte nie für möglich gehalten, daß Balz' Lebenstraum in Erfüllung gehen könnte. Da sind immer Feinde, die uns im Weg stehen, Unglücksfälle, Krankheiten, plötzliche Unzufriedenheiten mit sich selbst, neue, falsche Träume, Staatskrisen, Mißgunst – es gibt so viel, was Balz auf seiner mittleren Beamtenlaufbahn hätte zwischen die Beine geraten können, daß es schier unvorstellbar ist, wie es ihm gelang, seine Träume bis zum dreiundfünfzigsten Lebensjahr in Erfüllung zu bringen. Aber so ist es. Viele Leute meines Schlags verstehen mit so einer Geschichte nichts anzufangen. Wir sind gewöhnt, uns die Menschen mit blutiggestoßenen Nasen vorzustellen. Wen wir wahrnehmen, der liegt am Boden. Wenn uns jemand begegnet, der einen unversehrten Eindruck macht, drehen und wenden wir ihn so lange um sich selbst, bis wir seine blauen Flecken gefunden haben, und wir lachen gemeinsam mit ihm über die Narben und frischen Wunden. Wir halten das für kühn und tapfer. Einer, der süß, weich gepolstert und glücklich durch seine

Tage wandelt, macht uns einen höchst verdächtigen Eindruck. Wer zufrieden ist, den betrachten wir voller Mitleid und Herablassung; er ist unserer Meinung nach zu dumm zum Leiden. Damit nicht der Eindruck bleibt, Balz sei von solch knusprigster Einfalt, ergänze ich die Geschichte um ihren Schluß:

Bert geriet in sogenannte schlechte Kreise, von denen er hinabgesaugt wurde, um unten zu ertrinken. Bertha folgte ihm auf dem Fuß und ertrank im selben Strudel. Irina, die bis hierher ein zufriedenes Dasein geführt hatte, wurde auf Capri plötzlich von einer Woge allergrößter Verzweiflung überrollt. Es läßt sich nicht erklären, wie so etwas kommt. Sie ging neben Balz den Fußweg hinauf zur Villa des Tiberius. Mit einem Mal verdüsterte sich ihr der Himmel. Das Atmen begann ihr schwerzufallen. Sie dachte daran, daß das Tanzen bald ein Ende haben müsse; daß sie getanzt habe, für wen? für was? Gelebt für wen? für was? Einen Traum vom Leben geträumt für wen für was? Sie konnte nichts von alledem in Worte fassen; der Hals war ihr zugeschnürt. Balz fragte: Ist dir nicht gut? Er sagte: Ist es nicht schön hier? Und als sie oben angekommen waren, umarmte Irina ihn, sagte: Du lieber Balz; dann sprang sie übers Geländer in die Tiefe.

Balz war verloren. Er schaute hinab ins blaue Meer, das er nicht sah. Ich habe nicht weit genug in die Zukunft geträumt. Ich machte mir nur die Mühe, bis zu meinem dreiundfünfzigsten Geburtstag auf Capri zu denken. Ich bin schuld. Irina hatte keine Hoffnungen mehr, kein Ziel. Meine Kinder sind tot, meine Frau ist tot, und ich muß mindestens noch zehn Jahre lang auf der öden, mittleren Beamtenlaufbahn weitergehen – was für ein widerwärtiges Wort; ich werde es nicht mehr in den Mund nehmen.

Ich muß noch viele Jahre irgendwie verbringen. Wie soll ich das machen? Erst einmal muß ich zurück ins Hotel ESPERIA und die Koffer packen. Die Reise ist zu Ende. Ich kehre um. So wie ich meinen Stern einschätze, wird zu Hause die Mitteilung auf mich warten, meine Mutter sei gestorben während unserer Abwesenheit. (So war es.) Ich werde weiterhin tun, was ich tun muß. Glücklich sein, das kann ich nicht mehr. Freunde habe ich keine, weil ich nicht daran glaube, daß es welche gibt auf der Welt. Etwas in meiner Brust drängt nach draußen. Das wird die Seele sein. Ihr gefällt es nicht mehr in mir. Zu viel ist schiefgelaufen. Seele, leg dich wieder hin; es ist nichts, es war nur der Wind.

Zu Hause angelangt, verkaufte er die Eigentumswohnung seiner verstorbenen Mutter und lebte noch viele Jahre in der von Irina leer geräumten Mietwohnung ein stilles, gedankenverlorenes Leben. Junge Leute schauten ihm auf der Straße nach und überlegten, ob sie gern mit so einem befreundet wären. Er kleidete sich sehr korrekt, blieb hier und dort stehen, schaute Wolken nach, beobachtete Spatzen in den kahlen Wintersträuchern, grüßte höflich, wer ihn grüßte, benahm sich auf öffentlichem Grund über alle Maßen rücksichtsvoll, nobel, wie ein Lord. Im Büro erledigte er seine Arbeit zur Zufriedenheit der Bittsteller und der Vorgesetzten; er erhob sich vom Stuhl, wenn jemand eintrat; er versuchte, jedem sein Leben so angenehm wie möglich zu gestalten, ihm die Kissen zurechtzurücken, die Fenster für ihn zu öffnen oder zu schließen, je nach Bedarf, Katzen, die ihm zuliefen, brachte er weinend ins Tierheim. Er aß sein Brot, trank sein Wasser; manchmal verharrte er, dann kaute er weiter. Zu Hause ging er an den Spiegelwänden vorüber, betrachtete sich darin; manchmal fiel ihm Irina ein, dann war er glücklich; die Ballettstangen mochte er gern anfassen, sie waren glatt und warm.

# Der Professor

Ich kenne einen Professor aus jenen Tagen, als er noch keiner war. Er hatte erschreckend schiefe Zähne. Jede albanische Schindmähre hätte in ihm auf Anhieb einen Leidensgenossen vermutet. Und selbst der abgezehrteste Klepper aus der Bourbakiarmee hätte ihm am Futtertrog ohne Murren den Vortritt gelassen in der festen Überzeugung: dem armen Kerl geht es ja noch schlechter als mir, was für ein abscheuliches Gebiß!

Als ich ihn kennenlernte, hatte er die Angewohnheit, sich mit Begeisterung über andere lustig zu machen. Dazu rieb er seine Hände aneinander wie eine Fliege und entblößte grinsend seine schiefen Zähne. Eines Tages stellte er fest, daß die anderen sich mit fast noch mehr Begeisterung über ihn lustig machten. Das vergällte ihm seinen Spaß, und er zog sich aus der Runde der Sich-lustig-Machenden zurück. Ach wissen Sie, sagte er, winkte mutlos ab und wurde Professor. Wenn er heute gefragt wird, wie es sich als solcher denn so lebe, steigt das alte Grinsen in sein Gesicht, er reibt sich wie früher kurz die Hände, verharrt, hebt die linke zierlich vor seinen Mund – eine Angewohnheit, die er längst hätte fallenlassen können, hat er sein Gebiß in der Zwischenzeit doch richten lassen – und sagt:

Ach wissen Sie... Eigentlich ganz gut. Ich würde sogar wagen, mein Dasein als ein rundum glückliches zu bezeichnen, wenn da nicht der Neid wäre, den zu schüren ich mich selbstverständlich hüte. Davon unabhängig ist ein Professorentitel wirklich etwas, das man unter gar keinen Umständen jemals wieder missen möchte. Ist man erst einmal einer geworden, kann nichts mehr schieflaufen im Leben. Was für ein Vorteil beispielsweise gegenüber Leuten, die nicht wissen, wozu sie da sind, verstehen Sie? Wie zutiefst beunruhigend es für einen doch sein muß, morgens aufzustehen, ohne zu wissen, warum! Der Mieter in der Wohnung obendrüber steht auf und duscht sich, der Mieter unten drunter steht auf und macht das Radio an, also steht man selbst ebenfalls auf und... Ich weiß beim besten Willen nicht, was so einer dann tut. Als Professor hingegen weiß ich erquikkenderweise jederzeit, was zu tun ist. Ich mache mich frisch, ziehe mich an und gehe in die Universität, wo schöne junge Menschen herumstehen und darauf warten, daß ich vor sie trete. Dann setzen sie sich hin. Ich will jetzt nicht zu breit werden in meinen Ausführungen. Was ich den jungen Menschen vermittle, würde zuviel Platz beanspruchen. Einfach ausgedrückt: Ich erkläre ihnen, wie das Leben funktioniert. Das klingt, auf diesen kurzen Nenner gebracht, möglicherweise etwas zu allgemein, aber so ist es. Ich werde verlegen, während ich Ihnen meinen Alltag schildere. Lassen wir das.

Vor meinem Haus steht ein Fahnenmast. Zu Nationalfeiertagen hisse ich die Landesfarben. Am Abend sinke ich ins Bett. Vorher trinke ich Rotwein. Das sind Gewohnheiten, mit denen schon andere vor mir gute Erfahrungen gemacht haben. Ich bin froh, Erfahrungen nicht selbst machen zu müssen, sondern welche übernehmen zu können. Alles läuft wie geschmiert, wenn man sich an sie hält. Die meiste

Arbeit in meiner Position bereitet es, recht zu behalten. Wenn ich ein Buch lese, denke ich darüber nach, was mir darin recht gibt. Das merke ich mir. Den Rest vergesse ich. Liege ich hinter meinem Haus auf dem Rasen und schaue in den Himmel, überlege ich, worin dieser mir recht gibt. Ein Kater, der oft vom Nachbargrundstück zu uns herüberkommt, gibt mir in nichts recht. Ich rufe den Nachbarn immer wieder an und dringe in ihn, er möge seinen Kater doch bitte bei sich behalten. Kaum lege ich den Telefonhörer auf, sitzt das Vieh schon wieder in unserem Garten und starrt mich an. Ich sage »unser« Garten: Ich habe eigene Kinder und eine Frau. Die Kinder gehen zur Schule und spielen Harmonium. Das mag auf den ersten Blick befremden, aber Harmonie wird in unserem Haushalt seit Generationen großgeschrieben. Ohne Harmonie wären wir nur halbe Menschen. Meine Frau ist zwölf Zentimeter kürzer als ich, das sieht im Zusammenhang mit mir harmonisch aus. Sie wollte auch etwas werden in ihrem Leben, ich habe vergessen, was es war. Jetzt ist sie meine Frau. Auf dem Weg dahin schaute sie mich manchmal an wie eine Ertrinkende. Sie meinte aber nicht mich, in welchem sie zu ertrinken wähnte, sondern das Leben ganz allgemein, das sich ihr gegenüber ihrer Meinung nach unangemessen gnadenlos gebärdete. Eine Zeitlang fürchtete ich, sie würde zusammenkrachen, verlottert sah sie aus, wie von Ratten angenagt. Jeden Morgen standen ihr die Haare zu Berge, und die Augen waren schreckhaft weit aufgerissen. Irgendwann schickte sie sich in das Los, meine Frau zu sein. Seither geht es uns gut. Sie zieht sich an wie meine Frau, und ihre Augen haben jeden fiebrigen Glanz verloren; sie ruhen matt in ihrem

Gesicht und saugen alles Ungereimte wie Zweifel oder Hoffnungen porentief weg. Man soll nicht negativ reden, auch nicht über die Vergangenheit, darum zurück in die Gegenwart. Meine Kinder machen mir Freude. Sie fragen, was ich zu beantworten weiß. In der Schweiz verdienen Professoren mehr als in Deutschland. Für große Sprünge reicht es in beiden Ländern nicht. Professoren bewegen sich darum eher auf hoppelnde Weise. Wäre ich nicht Professor geworden, wüßte ich heute beim besten Willen nicht, was ich mit mir anfangen sollte. Einer meiner Jugendfreunde ist keiner geworden. Er läuft mir manchmal zu den unmöglichsten Zeiten über den Weg, beispielsweise morgens um Viertel vor elf, weil er nichts anderes mit sich anzufangen weiß, als herumzulaufen. Wenn wir uns so unverhofft begegnen, schauen wir uns argwöhnisch an. Wer nicht irgendwann in seinem Leben Professor oder sonst etwas Vernünftiges wird, aus dessen Tiefe weht einem an Werktagen der eiskalte Hauch der Sinnlosigkeit entgegen. Jeder baut sich sein Nestchen, polstert es aus, legt sich hinein, bessert nach, pickt Körner, aber wir wissen nicht, wie oder was singen. Ob mein Leben möglicherweise anders hätte verlaufen können? Eigene Kinder und die Universität verjagen Gedankenwolken, die sich über diesem Was-wäre-wenn-Themenkreis manchmal drohend zusammenbrauen wollen. Einer, der keine Frau, keine Kinder, keine Universität sein eigen nennt, der muß sich entsetzlich fragwürdig vorkommen, denke ich. Manchmal stürzt das Gesicht meiner Frau heute noch in sich zusammen, besonders häufig während der Semesterferien. Was unter den Trümmern dann hervorbleckt, das will ich lieber nicht beim Namen nennen. Es ist grauenvoll. Schnell zurück zu meinen Kindern, deren Gesichter noch nicht die Fähigkeit errungen haben, plötzlich einzubrechen. Wieviel Sinn hat es doch, welche auf die Welt gebracht zu haben!

# Brief eines Katzenfreundes

Liebe H,

Du erinnerst Dich an die verregneten Berliner Sommer, an die nassen, breiten, leeren Straßen, die dunkelgrünen Bäume, die Hausfassaden mit den abgefallenen Putzfladen, das gallertartige Wasser in den Kanälen mit dem Schaum obendrauf? Seit Du fort bist, ist das alles ganz anders geworden. Hitze und gleißende Helligkeit haben Einzug gehalten; die Stadt trocknet in den Sommermonaten aus bis in die hintersten Ecken; Sand weht über die Liegewiesen; die Verkäuferinnen hinter den Brotständen tragen nichts unter ihren Schürzen; wenn sie sich über die Vitrinen beugen, sind Tropfen an den Haaren unter den Achseln und der glänzende Ansatz ihrer Brüste zu sehen; die nackten Füße stecken in Sandalen; beim Gehen machen sie leise schmatzende Geräusche; die Fenster der Wohnungen stehen offen; die Gardinen davor bewegen sich kaum; die Einbrecher liegen in den Parks und dösen; die Vergewaltiger hokken in kühlen Kellern und stellen sich's lieber vor; alles Fleisch ist weich und gelöst, nur hier und da kocht etwas hoch und läuft über, worauf die Stadt sich träge auf die andere Seite wälzt und weiterträumt. Es ist wunderschön.

Nur gerade jetzt, da Du kommen willst, ist natürlich wieder alles wie früher. Es regnet, die Balkonpflanzen verfaulen, die Treppenhäuser riechen modrig, die Einwohner liegen in klammen Betten, ihre Haut ist bleich, sie sind traurig, die Polizisten lauern hinter triefenden Hecken und halten fest, was sie zwischen die Finger kriegen, die Hunde tragen Maulkörbe und werden an Leinen durch sumpfige Grünanlagen geschleift, die Verkäuferinnen stehen in Plastik eingeschweißt hinter den Schaufensterscheiben, das Kopfsteinpflaster glänzt. Bleib lieber, wo Du bist. Besuch mich ein anderes Mal. Du würdest mich bloß mitleidig anschauen, besorgt umarmen und vorsichtig fragen, warum ich immer noch hier lebe. Das halte ich nicht aus. Ich käme mir ertappt vor wie ein Ladendieb, der es nicht rechtzeitig geschafft hat, sich aus dem Staub zu machen. Es ist nicht schön, dort angetroffen zu werden, wo einen die Kraft verlassen hat, sich ein weiteres Mal aufzuraffen und nach etwas Besserem zu suchen.

Ich wüßte Dir nichts zu bieten. Meine Art macht mich zunehmend verlegen. Alles, was ich sage, kommt mir falsch vor. Schau Dir die Bescherung lieber gar nicht erst an, die Scherben, aus denen ich bestehe, den zusammengekehrten Haufen aus guter Erziehung und Auflehnung dagegen, aus Angelerntem und Abgewöhntem. Ich habe die Konventionen nicht begriffen und nicht die Freiheit, kann das Spiel nicht und nicht den Ernst. Eins schlägt ins andere um, ich pendle ohne Zentrum und bin davon ganz zerschlagen und steif. Du würdest mich nicht wiedererkennen. In Amerika lernt man Zuversicht, hier Zweifel.

Am Institut hat sich nichts geändert. Als letztes untersuchten wir vor dem Urlaub die Übertragung von Spulwürmern des Fuchses auf den Hund. Alles wie zu Deiner Zeit: zuerst Kulturen anlegen von Spulwurmeiern, die aus den Därmen von auf der Jagd erschossenen Rotfüchsen stammen. Dann die Infektionsfähigkeit der Eier überprüfen mittels Direktinjektion in Mäusemägen. Dann fünf Beagle-Hündinnen je 20000 dieser Eier oral eingeben und sie am gleichen Tag von einem Rüden decken lassen. Sie dann einzeln in die Boxen sperren, nach wie vor die alten, gekachelten mit den Betonböden, ihnen während der Trächtigkeit wöchentlich Blut aus der Halsvene entnehmen, ihren Kot untersuchen usw. Nach der Geburt – immer noch in diesen Plastikwurfschalen mit dem sterilisierten Stroheinstreu, vor denen Du Dich so geekelt hast – sowohl den Muttertieren wie den Welpen täglich Blut abnehmen. Am achtundzwanzigsten Tag dann die Welpen von den Hündinnen separieren und einzeln in Drahtkäfigen unterbringen. Wie üblich zeigten viele von ihnen zunehmend Störungen des Allgemeinbefindens, Husten, Nasenausfluß, Erbrechen, blutigen Durchfall, Appetitmangel, Abmagerung, Schwäche und Austrocknung. Zwölf mußten wir wegen der gebotenen Verantwortung für Versuchstiere vorzeitig abspritzen. Die restlichen und die fünf Muttertiere konnten wir dann planmäßig am zweiundvierzigsten Tag nach der Geburt töten und ihre Organe auf Würmer untersuchen. Du siehst, alles beim alten.

Einige Monate, nachdem Du fort warst, hat Deine Freundin ein paar von uns aus dem Institut zum Essen eingeladen, eine Art Gedenkfeier für Dich. Sie hatte sich dazu festlich gekleidet und ihre Wohnung mit Blumen geschmückt und mit Kerzen illuminiert. Wir kannten einander alle nur im Zusammenhang mit Dir und wußten ohne Dich nicht recht, was anfangen. Verlegenheit lag über der Tafel wie Birkenbitterkeit über einem taureichen Junimorgen. Das habe ich irgendwo gelesen. Und ein Russe bestellte neulich in meinem Beisein ein Glas Birkensaft im Café, was er natürlich nicht serviert bekam; die Stadt war gerade wieder einmal gelb vor erstickender Muffigkeit. Inzwischen habe ich übrigens endlich auch Warschau kennengelernt und dort eine deutsche Reisegruppe beobachtet, die auf erfrischende Weise die Vergangenheit ruhen ließ und die Überzeugung zu vertreten schien, übertriebene Zimperlichkeit im Umgang mit dem polnischen Nachbarn könne bloß den falschen Eindruck erwecken, sie fühlten sich für irgend etwas schuldig. Es waren Professoren der Germanistik, die in einem Restaurant auf Deutsch Bier für alle und Gänse mit gebratenen Äpfeln bestellten und den Kellner, nachdem der aufgrund mangelnder Deutschkenntnisse nicht auf der Stelle das Gewünschte herbeizuschaffen vermochte, unflätig beschimpften. Soviel zur Birkenbitterkeit. Die Haare Deiner Freundin hatten im Schein der Kerzen die Farbe eines Sonnenuntergangs im Nebel, ihre Augen die des Meeres bei bedecktem Himmel. Das habe ich ebenfalls gelesen. Gekocht hatte sie Ossobuco, Fleischstücke mit weißen, runden Knochen, in deren Innerem graues Mark schlummerte, das einem wie von selbst auf die Gabel schlüpfte und dort bebend darauf drang, verschlungen zu werden. Sogenannte Kalbshaxen, die sich, gehüllt in glasige, goldgelbe Mäntelchen aus geschmeidiger Schwarte, in einem dampfenden Brei aus Tomaten, Zwiebeln, Sellerie, Oliven, Knoblauch, Kräutern, Öl und Schnaps räkelten, einige hoben den Kopf und blinzelten neugierig über den Topfrand, andere bogen sich vor Wonne zur Brücke und tauchten vorne und hinten im heißen Mus unter, wieder andere stützten sich auf die

Seite und zeigten schamlos ihre saftigen Schenkel, daß mir links und rechts Speichel aus den Mundwinkeln quoll. Dazu gab es schweren, tiefroten Wein. Zu sagen wußten wir nicht viel. Die Tage, gegen die wir versichert sind, ziehen gleichförmig hin, und wir ziehen mit. Nicht einer unter uns, der sich querstellt, sich aufbäumt und ausschert. Da ich es nicht aushalte, mit fremden Leuten zu schweigen, fing ich an, die Wohnung Deiner Freundin zu rühmen, ihr Kleid, das Essen, den Wein, die Bilder an den Wänden, so lange, bis sie mißtrauisch wurde und anfing, mich feindselig zu fixieren. Sie unterstellte mir, es darauf abgesehen zu haben, ihr Trost zu spenden für ein Leben, das mir offenbar irgendwie mitleiderregend vorzukommen schien. Ich erblaßte, denn das war es nicht. Es war viel schlimmer, es war der Nebel, der manchmal unverhofft aufsteigt, die erstickende Beklemmung. Es waren die drei Schwestern aus der griechischen Mythologie, die weißhaarig auf die Welt kommen, alle drei mit nur einem Auge, die Angst, das Schaudern und das Entsetzen, die sich im Zimmer breitmachten. Bevor sie uns alle packen konnten, verabschiedete ich mich und ging nach Hause. Es war kalt, unter den Schuhsohlen splitterten Eishäutchen auf Pfützen, am Kranzlereck fraßen Ratten die Reste des Tages.

Apropos griechische Mythologie: Kennst Du griechische Inseln? Dieses schroffe Geröll, schartig, abweisend? Diese im salzigen Wasser verstreuten Steinhaufen mit den paar Bewohnern drauf, sogenannt einfachen, glücklichen Menschen, neben denen sich der Fremde irgendwie doppelt und traurig vorkommt? Eine öde Angelegenheit. Die Häuser darauf sind schlicht, Hütten fast, die paar Straßen, die

die Dörfer miteinander verbinden, enden im kniehohen, dornigen Gestrüpp. Strände zum Baden gibt es zwar, Wege hin aber höchst selten. Das Meer, durch das man in schwindelerregend blaue Tiefen hinabsieht, ist ganz durchsichtig, fast leer. Die Tiere, die auf den kahlen Hängen herumstehen, werden von den bis aufs Gerippe abgezehrten Winden richtiggehend ausgeweidet. Die Schweine haben Sonnenbrand, die Esel Geschwüre, die Katzen vereiterte Augen, den Schafen und Ziegen sind die Beine so eng zusammengebunden, daß sie kaum gehen können, die Hunde hinken. Alle sind sie mager und ducken sich vor Menschen weg. Obwohl das eher abschreckend klingt, fahre ich nun schon seit fünfzehn Jahren hin, immer auf eine andere Insel, in der Hoffnung, endlich einmal eine neue kennenzulernen, um dann aber doch immer die gleiche vorzufinden. Wenn es geht, miete ich mir bei Ankunft ein leerstehendes Haus oder eine Wohnung – ein paar Mauern, Fenster, Türen, eine Dusche, ein Klo. Nach zwei, drei Tagen schaut in der Regel die erste Katze vorbei. Wenn man eine rasche Bewegung macht, huscht sie weg und kommt nicht oder erst nach Tagen wieder, dafür vielleicht eine andere. Zu Hause habe ich einen Abreißkalender von »Ein Herz für Tiere«, eine Extraedition mit Fotos und Informationen zum Motto »Jeden Tag eine nette Katze«. Ich weiß darum fast alles, was Katzen anbelangt, Gerichtsurteile, medizinische Ratschläge, erzieherische und psychologische Tips. Zum Beispiel kenne ich daraus ein amerikanisches Kraut namens Catnip, das auf Katzen wie eine Droge wirken soll. Ich habe es ausprobiert an einer dicken, alten namens Doro, die ich eine Zeitlang hüten mußte. Sie schaute mich immer nur aus dem halbgeöffneten linken Auge an, was ihr einen verschlagenen Ausdruck verlieh, schloß dann das Auge wieder und döste weiter. Weil ich mir das nicht bieten lassen mochte, kaufte ich einen mit getrocknetem Catnip gestopften Strumpf und legte ihn vor ihre Nase. Sie öffnete das linke Auge, dann beide, beschnüffelte den Strumpf, erhob sich, machte einen Buckel, streckte sich, gähnte, stupste den Strumpf mit der Pfote an, biß hinein, leckte ihn ab, biß noch einmal hinein, und nach weniger als einer Minute trieb sie es mit ihm, wie ein Gefangener es in unserer Vorstellung nach jahrelanger Einzelhaft mit einer aufblasbaren Gummipuppe treibt.

Seit ich im Institut arbeite, habe ich manchmal den Verdacht, von Tieren gemieden zu werden. Als Kind verjagte ich Katzen mit der Steinschleuder. Heute schäme ich mich dafür und möchte es vergessen machen. Also trage ich seit der Erfahrung mit Doro immer Catnip bei mir, auch auf Reisen.

Dieses Jahr war es ein halbwüchsiges schwarzweißes Kätzchen, das nach drei Tagen auftauchte. Ein schmales, überaus zierliches Tier mit riesigen Ohren, eine Mischung aus Reh und Fledermaus. Sie hatte eine durchdringende Stimme, mit der sie nur immer ein dezidiertes, fragendes Miau ausstieß. Dazu schaute sie mich aus weitaufgerissenen türkisen Augen an. Sie war unvorstellbar scheu. Wenn ein Blatt vom Olivenbaum fiel, zuckte sie zusammen. Wenn eine Ameise einen Brotkrümel bewegte, schreckte sie zurück. Wenn ich leer schluckte, blickte sie verstört hinter sich. Es blieb mir nur übrig, ganz ruhig stehenzubleiben und sie anzuschauen, wenn sie auftauchte. Dazu redete ich besänftigend auf sie ein. Was ich sagte und wie ich sie nannte, will ich nicht wiederholen, dumme, lockende Kosewörter halt, im Diminutiv. Ich raunte etwas, sie starrte mich mit großen Augen an und antwortete Miau. Ich raunte noch etwas, sie antwortete wieder Miau. So hin und her, sie immer durchdringend laut, ich schnurrend leise. Aus meinem Katzenkalender weiß ich, daß man Katzen nie voll anschauen soll, sondern aus zusammengekniffenen Augen. Das wirke auf sie beruhigend. Also schaute ich sie grundsätzlich mit gesenkten Lidern an, den Kopf leicht gehoben, um unter den Wimpern durchsehen zu können. Ihr Zutrauen wuchs nicht. Sie stand drei Meter von mir entfernt, sagte Miau, und ich gurrte dies und das. Das Catnipsöckchen, das ich für sie hinlegte, beachtete sie nicht eine Sekunde. Mein Glaube an den Katzenkalender schrumpfte. Ich kaufte verschiedene Sorten Katzenfutter und stellte sie hin. Es gab welches aus Amerika, anderes aus Finnland, aus Dänemark, aus Deutschland und eines aus Griechenland. Das griechische akzeptierte sie, aß davon zwei, drei Bissen, schreckte zusammen wegen einer Fliege, die sich darauf niederließ, schaute hoch und ging weg, nicht übertrieben schnell, einfach so. Außer diesem griechischen mit Rind rührte sie nichts an. Frischen Fisch aß sie nicht, Milch schleckte sie keine. Mein Traum wäre es gewesen, sie zu verführen, bei mir im Bett zu schlafen. Das kam für sie aber offenbar nicht in Frage. Vielleicht haftet der Geruch des Instituts an mir. Manchmal tauchte sie auf, manchmal nicht. Obwohl sie mager und sichtbar ausgehungert war und obwohl sie begriffen haben mußte, daß es bei mir Futter gab, faßte sie keinerlei Zutrauen und baute nicht auf mich. Mal war sie da, aß ein bißchen, mal blieb sie weg, mal schaute sie nur vorbei und rührte keinen Bissen an. Und ich saß da, die Sonne ging auf, ich schaute zu, die Sonne stand oben, ich schaute zu, die Sonne fiel ins Meer, es wurde Nacht, schwarz wie Samt, tief und schwer, mein Blick versank darin, und manchmal besuchte mich kurz die Katze, schaute mich an, sagte Miau und ging wieder. Dann war meine Zeit abgelaufen, ich flog zurück nach Berlin, wo eine nasse Maus durch den Hausflur rannte, als ich das Portal öffnete. In seiner Kammer unter der Treppe stand der Hausmeister. Er war käseweiß im Gesicht. Seine Arme wirkten wie gefüllt mit Brei, die Beine waren dick angeschwollen, voller Wasser. Er zitterte, Schweiß lief ihm über die Stirn. Ich nahm an, er sei betrunken. Er erzählte, ihm seien während meiner Abwesenheit Brustkorb und Bauch aufgeschlitzt und verschiedene Organe entfernt worden. Er schien große Schmerzen zu haben. Vor dem Leben fürchte ich mich nicht mehr, sagte er, schaute verlegen zu Boden, und dann: Haben Sie sich schon einmal Gedanken gemacht über die Unendlichkeit des Alls? Ja, sagte ich, doch, ja, mhm, also dann, gute Besserung, mal sehen, was die Post so gebracht hat, und ging die Treppe hinauf in meine Wohnung. Dein Brief lag da, die Ankündigung Deines Besuchs, und ich stelle mir seither vor, Du tauchst auf, Amerikanerin geworden ganz und gar, bunt und positiv. Meine Hände liegen vor mir auf dem Tisch, und ich denke, ich möchte lieber nicht, daß Du sie siehst. Behalte mich in guter Erinnerung. Dort, in der Erinnerung der anderen, ist der einzige Ort, an dem wir ungestört wachsen und manchmal sogar zum Blühen kommen können. Im Leben selbst, in der Wirklichkeit ... Nun ja, Du bist kein Kind mehr und weißt, wovon ich rede. Hat es bei Dir eigentlich auch schon angefangen? Ertappst Du Dich auch schon manchmal dabei, wie Du mit Dir selbst sprichst? Schön, an Dich zu denken, an die ungeheuren amerikanischen Sommer, die Indianer, die Waldbrände und Hurrikane. Hier fängt nächste Woche der Alltag wieder an. Im Kalender steht, ich soll es mit ein paar Tropfen Baldrian versuchen.

# Der Brief an die Genfer

Ich sitze in Berlin an meinem Tisch und überlege, was ich Leuten am Genfer See erzählen könnte. Nichts fällt mir ein. Das Wort »Genfer See« schwappt im Kopf. Es klingt schwer, weit und tief. Versteinerungen schimmern an seinem Grund, ertrunkene römische Kaiser, veralgte, volle Portweinfässer aus der Zeit der Konquistadoren und anderes Zeug dieser phantastischen, versunkenen Art. Ich war zwei-, dreimal am Genfer See während der letzten Jahre. Mit der Schweiz, wie ich sie im Kopf habe, bringe ich ihn nicht zusammen. Er hat eher mit Rußland zu tun, mit dem letzten, vorletzten Jahrhundert, mit verlorenem Reichtum, blassen, fallsüchtigen Töchtern, zarten Gliedern, hellen Augen, mit Hochmut, Adel, Irrsinn – das Wasser Jahrtausende alt. Wenn ich in Berlin den Koffer packe, um dorthin zu fahren, erscheint mir, was ich einpacke, grundsätzlich zu leicht, zu schlapp, zu nichtssagend; demokratisches, mitteleuropäisches Einerlei; Konfektion; ich komme mir fadenscheinig vor in meiner Hose, meinen Schuhen, meinem Mantel; der Regenschirm wirkt dürr, der Koffer pappig. Leute, die am Genfer See wohnen, können das nicht verstehen. Sie leben dort und meinen, so sehe die Welt aus. Genauso wie ich in Berlin lebe und meine, so sehe die Welt aus. Nur finde ich meinen Berliner Irrtum verstehbar, schließlich lebe ich darin. Leute am Genfer See hingegen kommen mir schrullig vor, exzentrisch, denn sie leben in meiner Fiktion.

Warum ich das erzähle? – Seit einiger Zeit beschäftige ich mich mit Theater, Literatur und Film. Es ist nicht so, daß ich auf diesen Gebieten mit den Jahren besser geworden wäre, im Gegenteil, mir kommt vor, ich laufe darin aus in die Leere. Um beim Genfer See zu bleiben: Es ist, als sei ich in diesen hineingestiegen, hätte begonnen, darin zu schwimmen, und je länger und weiter hinaus ich schwimme, desto tiefer und größer wird der See.

Ich sitze also in Berlin an meinem Tisch und überlege... Ich sitze oft an diesem Tisch, und nichts fällt mir ein. Eigentlich ist das die genaue Umschreibung meines Alltags: Dasitzen, Warten. Draußen ziehen Arbeiterbrigaden auf, renovieren das Mietshaus, in dem ich sitze. Ihre Kofferradios scheppern. Nachrichten von woanders, aus Genf, dringen an mein Ohr. Ich höre, wie das Wetter ist, wie es war, wie es werden soll. Irgendwann ziehen die Arbeiter ab, und es kehrt Ruhe ein. Nach ein paar Jahren ziehen andere auf, fangen von vorne an, lassen ihre Radios dröhnen, grölen dazu in angestrengter Heiterkeit und warten darauf, daß es vier Uhr wird, um nach Hause gehen zu dürfen. Irgendwann ziehen auch sie wieder ab, es herrscht erneut eine Zeitlang Ruhe, bis eine dritte Staffel eindringt, herunterreißt, hochklatscht – und ich, ich sitze mittendrin an meinem Tisch, und nichts fällt mir ein. Manchmal überlege ich, ob möglicherweise diese endlos wiederkehrenden Arbeiterhorden mit ihren Radios schuld sind an meiner Einfallslosigkeit. Die Gedanken treiben, nichts bleibt haften, es weht heran, weht weg, versickert... Sitze also da und überlege, was ich Leuten am Genfer See, was ich Berlinern, was ich überhaupt zu sagen haben könnte, einer, der sich sein Leben lang nur immer darum gekümmert hat, Ballast abzuwerfen, nichts als Ballast abzuwerfen, um in höhere Sphären zu gelangen, während die Luft im Ballon kälter, das Gas knapp wird. Einer, der weiterhin Sand rieseln läßt, nicht steigt, nicht sinkt, der flach dahingleitet, knapp über dem Boden der Realität, den Alltag sehend, die Mauern, die Furchen, die Schrecken der Banalität, der offensichtlich zu zaghaft abwirft, um zu steigen, der wohl insgeheim die dünne Luft weiter oben fürchtet, der fein säuberlich immer nur gerade so viel hinunterwirft, daß er nicht aufschlägt, aber auch so wenig, daß es ihn nicht in die Sterne heben kann ... Sitze da und überlege, was habe ich zu sagen, was weiß ich von Berlin, was vom Genfer See, was von meinen alt gewordenen, vergriffenen Büchern, Filmen, Theaterstücken und meiner Beschäftigung damit, was von zukünftigen Projekten, das nicht jeder andere ebensogut weiß und sagen könnte.

Sie leben an einem zauberhaften Ort, fern vom kleinen täglichen Krimskrams: Sie leben in meiner Fiktion. Ich hingegen lebe in meiner Wirklichkeit und kann Ihnen nur davon berichten, von einer dieser unendlich vielen Wirklichkeiten und dem Leben, wie es sich darin abspielt. Sie werden mich nicht verstehen können mit meinen Beobachtungen, denn Sie leben im Verhältnis zu diesen in der Möglichkeit, in einem Gemälde, einer Oper, einem Roman, nämlich am Genfer See, der für mich nur in der Vorstellung existiert, an dem aber umgekehrt für Sie alles Wirklichkeit ist, die Weine, das Fondue, die goldenen Locken auf den Köpfen der höheren Töchter und Söhne, die Sonnenstrahlen im Laub der Rebberge, die glitzernden Schneckenspuren, die wiederum Ihnen öd vorkommen mögen. Denn selbstverständlich wird Ihr Genfer Alltag objektiv gesehen nicht spektakulärer sein als meiner in Berlin, das weiß ich, bloß findet Ihrer eben in meiner Fiktion statt, während meiner sich im fahlen Licht der Wirklichkeit abspielt. Und wird so einer dann auch noch in Sprache gefaßt und ausgebreitet, erfährt er erst recht sein ganzes Grauen. Wir befinden uns somit in einer umgestülpten Welt und haben uns wahrscheinlich immer in einer solchen befunden, wo jedes Leben groß ist und strahlt, solange es fernbleibt, dadurch aber, daß es von nahem betrachtet und aufs Papier heruntergerissen wird, prosaisch und schwer verdaulich wird. Es ist folglich ein Irrtum zu glauben, etwas gelange in höhere Sphären, wenn es in Sprache, in Dichtung übertragen werde. Im Gegenteil, es wird dadurch profaniert und dingfest gemacht. Die Vorstellung von der Erhabenheit der Kunst ist somit eine verkehrte. Das ist mir eingefallen, während ich in Berlin an meinem Tisch saß und überlegte, was ich Leuten am Genfer See erzählen könnte; als ich bemerkte, was für eine leuchtende, mächtige Welt sich vor mir auftut, wenn ich das Wort »Genfer See« in meinem Kopf wende, drehe und klingen lasse, während das, was vor meinen Augen liegt, nämlich Berlin, sich grau und nichtssagend ausdehnt. Auf dem Papier erst entsteht also die heftige Leere. Der Schriftsteller ist der wahre Desillusionist, das Gegenteil vom Traum, das Negativ jeder Vision. Durch ihn erst wird alles so erdenschwer, armselig, kalt und hart, wie es uns oft erscheint. Ein aporistischer Gedanke. Um mich nicht daran zu verschlucken, schließe ich hiermit.

## Brief an einen Verleger,

*in dem, wie ich fürchte, zu oft das Wort* Zu *vorkam, weswegen das darin enthaltene Ansinnen umgehend abgelehnt wurde, woraus zu lernen ist, daß nichts über eine gut gewählte Form geht, eine Feststellung, die mich oft schon an den Rand der Verzweiflung getrieben hat, da ich sie nicht nutzbringend anzuwenden verstehe. »Nicht in diesem Ton!« oder: »Nicht in dieser Form!« heißt es schneidend, und das war's dann jeweils, wobei ich überzeugt davon bin, daß ich erst dann überhaupt wahrgenommen werde, wenn es heißt: »Nicht in diesem Ton!« oder: »Nicht in dieser Form!«, davor existiere ich nicht, danach nicht mehr.*

Sehr geehrter Herr!

Sie fragen an, ob ich ein neues Romanmanuskript in meiner Schublade aufbewahre, welches Sie unter Umständen geneigt sein möchten *zu* veröffentlichen. Das ehrt Sie und rührt mich. Wer nimmt heut*zu*tage schon freiwillig die Last eines unveröffentlichten Romans auf seine Schultern? Ich muß Sie diesbezüglich aber enttäuschen. Die Sachen, die ich *zu*r Zeit schreibe, kann ich leider nicht herausgeben. Auf der einen Seite sind sie so vertraulich, häuslich, hautnah, daß ich über beide Ohren erröten würde, wenn man mich öffentlich mit ihnen in Verbindung brächte; auf der andern Seite sind sie nur so hingelacht aufs Blatt, fahrengelassen, denn ich mache mir Mut mit ihnen: ich setze mich an den Schreibtisch und postiere mir Fallen, Hürden und weiche Kissen, die ich *zu* überspringen oder in die ich mich fallen*zu*lassen versuche. Beim Spielen auf dem Tisch werde ich vergnügt, die Zeit vergeht, der Abend naht, und schon darf ich nach Hause, wo ich gern gesehen bin, vor allem, wenn ich mich tagsüber gut unterhalten habe, weil ich dann abends besonders aufgeräumt erscheine. Das hat etwas hochprozentig Persönliches, Privates, womit kein Fremder behelligt werden sollte.

Gewiß, wir alle schauen dann und wann – bei untergehender Sonne, nach getaner Arbeit – ganz gern einem spielenden Kind *zu*. Aber da*zu* braucht es, wie gesagt, untergehende Sonne, Feierabend und etwas *zu* viel Zeit. Danach eilen wir dorthin weiter, wo wir erwartet werden.

Natürlich könnten Sie mich wie ein spielendes Kind an vielfrequentierte Ecken in der Stadt stellen und darauf hoffen, daß der eine oder andere Passant etwas *zu* viel Zeit hat und mir *zu*schauen mag, wie ich da über meine selbstgebauten Hürden hüpfe (will sagen: mich kauft und liest). Aber finden Sie das nicht auch ziemlich aufwendig und noch da*zu* riskant? Wie leicht kann an solch vielbesuchten Ecken das Spielen *zu* einem Vorspielen verkommen, was immer etwas Kokettes und also Erbärmliches an sich hat.

Es freut mich, daß Ihnen behagt, was und wie ich veröffentlicht habe, und daß Sie darum auf etwas Neues von mir gespannt sind. Eine ebenso große Freude wie die, die ich Ihnen mit meinem Geschriebenen bereitet habe, würden Sie mir machen, wenn Sie mir monatlich sechstausendsiebenhundert Mark *zu*kommen ließen für mein Nichtgeschriebenes und dafür, daß ich ein so unaufwendiger Recke bin (ich habe während der letzten Tage viel übers Verrecken nachgedacht, deswegen halte ich mich wohl so unvermittelt für einen Recken, jetzt, da ich aus meinen Grübeleien aufgeschreckt und plötzlich gefragt bin). Denn um wie viel teurer käme es Sie doch *zu* stehen, wenn wir gemeinsam ganze Buchdruckereien behelligen würden, Papierfabriken in Überstunden jagten, Umschlaggestalter in größte Gewissensnöte stürzten und anderes mehr! Auch dreitausendneunhundertelf Mark wären mir recht, ja, selbst siebenhundertvierundachtzig dergleichen. Seien Sie um alles in der Welt so freundlich und schicken Sie mir eine Summe Ihres Gutdünkens mit der Post *zu* (Kreditanstalten und Banken traue ich nicht mehr über den Weg; auch die Deutsche Bundespost ist zwar liederlich geworden, aber wenigstens zwackt sie mir nicht soviel Bearbeitungsgebühren ab wie die beiden Erstgenannten). Ich würde mich freuen, in Ihnen als an mich Glaubenden einen großherzigen Gläubiger *zu* finden, und grüße Sie dementsprechend hochachtungs- und erwartungsvoll

*Der Brief ist alt. Heute zweifle ich daran, daß der Verleger mein Anliegen damals wirklich ausschließlich aufgrund der zu vielen* Zu*'s abgelehnt hat.*

## Was ich gern lese

Im Frühling und im Herbst kommen die neuen Bücher zur Welt. Im Frühling meist märzmagere Teilchen, im Herbst dann die strammen Prachtexemplare aus guter Zucht, die die anderen verbeißen und uns mit ihrer Kerngesundheit erfreuen. Wir kraulen sie hinter den Ohren, nähren sie mit guten Brocken. Sie werden groß und stark und verschönern unseren Alltag. Doch nicht lang, und sie werden alt, fett und tückisch, liegen auf den Regalen herum, verlieren Haare und lassen bestialische Fürze fahren. Wir öffnen die Fenster, wir haben ein Herz für Sieger. Jeden Herbst kommen neue Lieblinge dazu, junge, unterhaltsame, entzückende Kerlchen, die uns sogar auf den Teppich pinkeln dürfen – ein-, zweimal, dann haben sie's gelernt –, wir verzeihen ihnen, hegen sie, füttern sie, sie werden dick, träge und verschlagen wie ihre Vorgänger, balgen sich unschön mit ihnen um den Platz in der besten Ecke, und irgendwann arrangieren sie sich und liegen nebeneinander da, das eine Auge mißtrauisch geöffnet.

So gehen die Jahre ins Land, bis wir das Haus voll haben von ihnen. Wir bemerken, daß die meisten ihre Zeit hinter sich haben, die tragen wir auf den Müll. Wir stehen nachdenklich in unserer Bibliothek, betrachten die graugewordenen Rücken, die Zahnlücken, die wir in die Reihen gebrochen haben, und das ganze Treiben kommt uns öde vor, leer, eitel. Wir bezweifeln, daß diese strotzenden Herbstfrischlinge wirklich das sind, was wir jedes Jahr neu brauchen, selbst schon alt und schwach geworden. Wir stehen da, in Gedanken versunken, und plötzlich taucht aus der Vergessenheit eines jener märzmageren Teilchen auf, das uns einmal in die Hände geraten war. Wir finden es nicht im Regal. Es ist damals wohl von den anderen verscheucht worden. In der Erinnerung kommt es uns allerliebst vor, ein armes Nachtessen sozusagen, zerzaust und vertaumelt. Wir kriegen Sehnsucht nach ihm. Trunken vor Rührung brechen wir auf, um das schiefe, hinkende Ding ausfindig zu machen. Auf der Suche geraten wir in abgelegene Quartiere. Wir begegnen verstockten Einzelhändlern, mürrischen Eigenbrötlerinnen, die in Hinterzimmern solche Kreaturen beherbergen und sich nur widerwillig dazu verführen lassen, eine davon hervorzuholen und zum Kauf anzubieten; die Unikate mit ihren Macken sind ihnen ans Herz gewachsen. Auch wenn sie vielleicht nicht das Zeug dazu hatten, die schönsten und drolligsten eines Herbsts zu sein, sie haben dafür möglicherweise den Eigensinn und die Kraft, immer mal wieder jemandem ein paar Stunden Leseglück zu bereiten.

# Warum ich Robert Walser mag

Er ist ein Dichter, eine Lichtung ganz für sich allein in der Literatur. Man kann zu irgendeinem seiner Bücher greifen und eine beliebige Seite aufschlagen – spätestens nach sieben mageren Sätzen wird ein fetter auftauchen, ein erstaunlicher, der einen irritiert, fasziniert oder gleich ganz und gar für sich einnimmt.

Als Einstieg geeignet ist zum Beispiel »Der Spaziergang«, eine etwa siebzig Seiten lange Erzählung, bei der mir vom ersten bis zum letzten Satz regelmäßig der Mund offenstehen bleibt vor Begeisterung. Wer damit, oder mit dem Roman »Jakob von Gunten«, nichts anfangen kann, sollte sich nicht länger quälen – er wird dann wohl mit Walser nichts anfangen können. Dafür gibt es viele Gründe. Zum Beispiel seine bis zur Selbstverleugnung durchgehaltene Demutsmimikry, die einen rasend machen kann. In der Schweiz, wo Kleinheitssucht eine Nationaluntugend ist, schätzt man ihn, völlig zu Unrecht, gerade dafür und erwürgt ihn in anmaßend solidarischer Umarmung. In Deutschland wiederum hält man für schrullig, skurril oder niedlich, hübsch und nett, wie er schreibt, und man schmunzelt ihn wohlwollend beiseite, weil man sich von der Putzigkeitsmaske, hinter der er sich versteckt, ablenken läßt. Walser ist geradezu eine Mißverständnisfalle. Eine Entsprechung für dieses Rezeptionsproblem könnte möglicherweise der berühmte englische Humor sein, der dem Vernehmen nach nur von Engländern wirklich verstanden werden kann. Walser könnte dann nur von Walsern verstanden werden – und wer oder was sind Walser? Leser vielleicht, von denen es ebenso wenige gibt wie von den Dichtern.

Je älter ich werde, desto mehr mißfallen mir Äußerungen, die mir zu Gefallen gemacht werden. Ich mag keine Literatur, die mir gefallen will, keine Kunst, die mir gefallen will, keine Menschen, die mir gefallen wollen. Ich fühle mich von ihnen auf unangenehme Weise belästigt und eingeengt. Naturgemäß will nun aber mal jeder gefallen, auch Walser, er vielleicht sogar besonders verzweifelt. Doch hat er, während er mir gefallen will, soviel zu tun damit, bei Trost zu bleiben, daß er alles um sich herum vergißt. Er schreibt ausschließlich für sich selbst, fürs Schreiben, fürs eigene Leben, um den Moment auszuhalten und nicht in den Sekunden unterzugehen. Und selbst wenn er dabei vor Ort tritt und leiert, was er oft tut, ist das wahr und schön wie eine Katze, die sich – wenn sie sich angestarrt fühlt – aus Verlegenheit zum hundertsten Mal hintereinander putzt. Es fällt ihr nichts anderes ein in dem Moment, sie tut es nicht, um putzig zu erscheinen. So fällt auch Robert Walser nie etwas anderes ein als das, was er ist.

Sie können ihn – seine späteren Sachen vor allem – aufschlagen, wo Sie wollen, und werden erleichtert spüren, wie Sie beim Lesen loslassen, weil da endlich einer nicht auf Ihren Applaus aus ist, Sie nicht um den Finger wickeln will, nicht um Ihre Gunst buhlt, sondern einzig und allein darum ringt, vor sich selbst zu bestehen, sich selbst zu genügen. Und wenn er sich spreizt oder grimassiert, dann bloß, um weniger nackt dazustehen. Er verstellt sich nicht mit der Absicht, uns zum Lachen zu bringen, er verfolgt keine Strategie, keine Taktik. Er setzt seine sonderbare Maske auf wie ein anderer seinen Hut oder wie ein Kind, das die Augen schließt und glaubt, dann werde es nicht mehr gesehen.

## Ein neuer Nachbar

Die Nachbarwohnung stand lange Zeit leer. Dann und wann tauchte ein armselig gekleideter Mann auf, eine Plastiktüte in der Hand, öffnete die Tür, schlüpfte durch, verriegelte sie von innen, hämmerte, sägte, klopfte ein paar Stunden lang, mal im unmittelbar benachbarten Zimmer, mal entfernt. Dazu ließ er von einem Kassettenrecorder fremdländische Musik oder endlos plätscherndes Gerede vom Radio laufen. Eine Zeitlang konnte man ihm vom Seitenflügel aus durch die geöffneten zum Hof gelegenen Fenster beim Wändestreichen zuschauen. Später einmal trugen zwei düstere Hünen aus einem Kombiwagen, dessen Scheiben verspiegelt waren, Kartons, beschichtete Regalwände, eingeschweißte Stangen und Glastüren die Treppen hinauf. Wir Mieter machten uns schlank, um die beiden beim Tragen nicht zu behindern. Der Kokosläufer war übersät mit Füllmaterial aus den diversen Verpackungen. Unten stand das Tor zur Straße offen; naßkalte Luft strömte herein; es regnete; die Schuhe der beiden hinterließen dunkle Stapfen auf den Stufen. Niemand wagte sich zu beschweren. Am Abend sah man dann vom Seitenflügel aus, wie die beiden in der Küche Schränke auf- und einbauten, doch wäre niemand auf die Idee gekommen, sie für Handwerker zu halten. Im Gegenteil, man fürchtete insgeheim, in der Wohnung entstehe ein Bordell oder ein Drogenumschlagplatz. Wieder ein paar Tage später machten sich drei spindeldürre

Halbwüchsige in kurzärmligen Leibchen an der Eingangstür zu schaffen, hängten sie aus, trugen Leitern und Farbeimer in die Wohnung und begannen, sämtliche Fenster und Türen zu lackieren. Nachts blieb alles offenstehen, sogar die Eingangstür; die Räume atmeten durch, dünsteten und trockneten aus; die aufgestaute Leere verwehte. Dann geschah ein paar Wochen lang nichts weiter, außer daß eines Morgens das Namensschildchen »Prof. Dr. K. Ser« am Klingelbrett hing. Fünf Tage danach hielten zwei Umzugswagen vor dem Haus. Ein mobiler Lift wurde ausgefahren, über den unzählige Möbel und Kisten von der Straße in die Wohnung befördert wurden. Als Letztes folgte ein großer, gelblicher, englischer Flügel, wie man sie aus russischen Romanen kennt. Dann herrschte wieder Ruhe.

Heute abend, noch einmal zwei Wochen später, ist Klaviermusik zu hören. Von den Altmietern kann das nicht kommen. Ihre Musikgewohnheiten sind andere: Dann und wann hört einer ein paar ältere Schlager von einer Schallplatte, manchmal ein halbes, klassisches Konzert, meist aus der galanten Zeit, nichts Anspruchsvolles; dazwischen donnern hin und wieder aufbegehrende Bässe durch die Wände – alles eher zufällig, unregelmäßig. Schließlich ist da noch der Junggeselle parterre links, der abends gelegentlich dröhnend laut den jeweils aktuellen Hit der Woche laufen läßt. Dazu öffnet er seine Fenster und erweckt so den Eindruck, er wolle eigentlich nur mitteilen, daß er noch am Leben sei. Aber selbst diese Kundgebung beeinträchtigt den Hausfrieden nicht. Spätestens um elf Uhr abends kehrt in der Regel Ruhe ein. Weit eher sind Küchengerüche ein Problem. Eine

Mieterin zum Beispiel liebt in Fett Gebratenes, so daß es oft im ganzen Haus nach Fritierbude riecht, ein ordinärer, schwerer Duft, der sich zäh in allem festsetzt.

Ernste Klaviermusik paßt nicht in dieses Haus. Ohne Licht zu machen, öffne ich in der Kammer das schmale Fenster zum Hof und horche. Es klingt nach Schallplatte. Die Fenster aller anderen Wohnungen sind dunkel und geschlossen. Nach und nach gehen noch drei auf, unmerklich, nur einen Spalt weit. Die Leute halten sich hinter dem Fenstersturz in der Dämmerung verborgen – wie ich auch. Das ganze Haus hält gewissermaßen den Atem an. Nachdem ich ein paar Minuten zugehört habe, schließe ich das Fenster vorsichtig und schleiche ins Treppenhaus, um zu horchen. Die Musik kommt eindeutig aus der Wohnung nebenan. Nicht, wie ich zuerst vermutete, von einer Stereoanlage: Das Klavierspiel klingt zwar konzertreif, bricht aber zwischendurch immer wieder ab, setzt neu ein, Läufe werden mit kleinen Variationen wiederholt. Nein, es kommt von dem englischen Flügel.

Unter meinem Bett liegt immer eine Flasche Rotwein für den Fall, daß jemand mich überraschend besuchen kommt. Der Fall ist noch nie eingetreten. Die Flaschen stauben ein, und irgendwann trinke ich sie allein, worauf ich am nächsten Tag einen Ersatz kaufen gehe und ihn wieder unters Bett lege.

Die langwierigen Renovierungsarbeiten und der überraschende, fast heimliche Einzug des Nachbarn haben mich neugierig gemacht. Ich möchte erfahren, wer Prof. Dr. K. Ser ist, hole die Flasche Wein unterm Bett hervor, wische sie sauber, klingle an der gegenüberliegenden Wohnungstür und warte. Das Klavierspiel bricht ab. Mir schießt durch den Kopf: Da gehe ich hin und klingle – und vernichte ihn, den Augenblick. Doch bevor ich mich zurückziehen kann, öffnet sich die Tür, und ein Mann steht im dämmrigen Flur vor mir.

Das Blut schießt mir in den Kopf, was er zum Glück nicht sehen kann. Ich strecke ihm die Weinflasche entgegen und sage: Guten Abend. Verzeihen Sie die Störung. Ich wollte mich nur kurz vorstellen. Ich bin der Nachbar von nebenan. Willkommen. Hier, für Sie, zum Einzug.

Er blinzelt die Flasche an, als bringe sie ihn gleich zum Niesen. Dann fixiert er meine rechte Augenbraue und sagt: Oh, oh, danke schön, vielen Dank, sehr aufmerksam. Wo ich aufgewachsen bin, in einem Bauerndorf, da gehört es sich eigentlich, daß die Neuen, die Zuzügler den ersten Schritt tun. *Ich* müßte *Ihnen* eine Flasche Wein überreichen, nicht umgekehrt. Doch ich habe noch nichts im Haus. Ich bin gerade erst eingezogen. Mein Name ist Kay Ser – albern, ich weiß. Meine Eltern fanden das komisch. Egal. Es kommt schließlich selten vor, daß man seinen vollen Namen nennen muß. Entweder ist man für die anderen der Kay, oder man ist der Herr Doktor Ser. Von Beruf bin ich Chirurg. Im Dorf, aus dem ich komme, gab es drei Ärzte. Einer war Chirurg. Ein schwerer, zupackender Mann. Er wurde Metzger-Toni genannt. Man erzählte sich, er habe im Zweiten Weltkrieg in Rußland als Freiwilliger in einem Rotkreuzlazarett gearbeitet, wo er rund um die Uhr ohne Narkose Glieder amputierte, heraushängende Därme zurückstopfte, klaffende Wunden mit Paketschnur zunähte, durchschossene

Arterien mit Büroklammern abklemmte, Skalpelle im eigenen Urinstrahl reinigte, kurz: unter schlimmsten Bedingungen Tausende von Leben rettete. Dabei habe er sich seinen rauhen, rechthaberischen Ton angewöhnt. Und schnelle Entscheidungen. Er war sehr grob. Die Bauern vertrauten ihm, weil er nie lange überlegte. Zweifel waren ihm fremd. Was ihm nicht gefiel, schnitt er weg. Meistens hatte er damit Erfolg. Die Dorfbevölkerung sah entsprechend aus: vernarbte, entstellte Gesichter, fehlende Finger und Zehen; die Bäuche, Rücken und Oberschenkel hatten Dellen oder rote Wülste, wo Toni Gewebe entfernt oder vernäht hatte. Hier...

Der Nachbar krempelt seinen Ärmel hoch und zeigt mir die helle Innenseite seines Oberarms. Es ist zu dunkel, um Einzelheiten zu erkennen. Ich drücke auf den rot leuchtenden Knopf neben mir. Das Licht im Treppenhaus geht an. Ich sehe eine häßlich lange, weiße Narbe oberhalb des Ellbogens.

...So ungefähr. Aber man blieb am Leben, konnte weiterarbeiten, und die Krankengeschichten waren kurz. Wer sich nicht mehr auf den Beinen halten konnte, ging zu Toni, der sich das Elend mit halbem Ohr anhörte und sodann wegschnitt oder wegbrannte, was ihm überflüssig vorkam. Er ließ sich dafür gut bezahlen, und zwar grundsätzlich in bar. Er nahm auch Eingriffe bei Kühen, Pferden und Schweinen vor. Er fuhr schnelle Autos, hatte ein Ferienhaus mit Schiffsanlegestelle am nahe gelegenen See, drehte an Sommerwochenenden mit seinem Motorboot Runden auf dem Wasser und zog die Dorfjugend auf Schiern hinter sich her. In der Stadt hatte er eine Geliebte, zu Hause eine ausgemergelte Frau, die man selten sah. Es hieß, sie leide unter starken Schmerzen und nehme Morphium. Er selbst trank... Sie starren mich so an? Sie verstehen doch, was ich sage? Sie sprechen Deutsch?

Ich wische über meine rechte Augenbraue und beeile mich zu sagen: Doch, doch, sicher, ja, ich komme ursprünglich auch vom Land.

Er fixiert jetzt meine linke Braue und fährt fort: Als Knabe habe ich ihn verehrt. Alle Knaben haben ihn verehrt. Er hatte Pranken und das Gesicht einer Bulldogge. Sein Haus lag am Rand des Dorfs. Aus den Fenstern seines Ordinationszimmers sah man Äcker, Wiesen und Apfelbäume. Man legte sich auf den graugrünen Schragen, er fragte: wo drückt der Schuh, man erklärte es ihm, er faßte die schmerzende Stelle grob an, drückte daran herum. Tut das weh? das? Natürlich tat es weh. Dann schneiden wir's weg, komm morgen um die und die Zeit wieder. Er wirkte wunderbar beruhigend auf jeden. Man kam sich vor wie ein Ding, an dem etwas kaputt war, das repariert werden konnte. Schon sehr früh träumte ich davon, einmal zu werden wie er. Alles andere in meinem Leben entwickelte sich so unbestimmt, so wabernd, und es wurde immer nur schwammiger – bei ihm dagegen blieb es eindeutig und klar, wie auf einem Tablett serviert. Ich studierte also Medizin. Natürlich tauchten dabei sehr früh schon Zweifel auf. Ich lernte Zusammenhänge kennen. Abszesse waren nicht länger das Problem, sondern nur noch Symptome eines Problems. Das war zwar zu verstehen, doch akzeptieren wollte ich es nicht. Also preschte ich, so schnell ich konnte, durch die Jahre, lernte auswendig, was von mir verlangt wurde, ohne je daran zu zweifeln, daß Tonis Sicht die einzig richtige war: Faule Stellen gehören rausgeschnitten, möglichst großzügig, damit der Rest gedeihen kann...

Das Licht im Treppenhaus geht aus. Ich reibe meine linke Braue im Dunkeln, drücke auf den rot leuchtenden Knopf neben mir und murmle: Genau.

...Das Leben wurde zunehmend kompliziert. Freundschaften zerbrachen, Lieben lösten sich auf, ich wußte nicht mehr ein und aus. Doch das ist normal, ein junger Mensch muß das durchmachen, muß damit zurechtkommen, es akzeptieren. Ich nahm es zur Kenntnis, ließ mich aber nur zum Schein darauf ein, schlug mich durch bis zur Approbation als Feld-Wald-und-Wiesen-Arzt, spezialisierte mich dann auf Unfallchirurgie und...

Aus dem Nebenzimmer ruft eine Frauenstimme: Wer ist da? Der Chirurg ruft zurück: Unser Nachbar, von nebenan. Dann sagt er zu mir: Meine Frau. Sie ist scheu. Ich kann Sie leider nicht hereinbitten. Bitte haben Sie Verständnis dafür. Sie wird in Gesellschaft Dritter schnell verlegen. Sie fürchtet sich geradezu vor Blicken und Bewegungen fremder Personen. Sie glaubt, wer sie nicht kenne, starre sie an, mache sich Gedanken über sie und fände alles an ihr unpassend. Das treibt sie dazu, jeden Gast ängstlich und wie gelähmt zu belauern. Das Blut steigt ihr ins Gesicht und strömt wieder zurück, der ganze Körper ist in Aufruhr. Plötzlich beginnt sie jeweils laut und unverdrossen zu reden, meistens Unsinn, das merkt sie, merkt auch, daß die anderen es merken, und errötet noch mehr. Früher hätte ich gesagt, das kann man wegschneiden. Heute ahne ich, daß es komplizierter ist.

Alles hat Gründe, Wurzeln, Verästelungen. Wenn ich ein Leiden, eine Frucht, eine Blüte entferne, wissen Sie, ach, das ist doch das Schlimme: alles, was wir fein säuberlich herausschneiden oder abtrennen und zur Seite legen, stirbt. Ich nehme eine halbe Niere, ein Geschwür, eine Brust – sobald ich die Verbindung zum restlichen Organismus kappe, sterben sie. Nichts kann für sich allein stehen. Alles ist auf Zusammenhänge angewiesen. Wie in einem Musikstück. Da zählt die einzelne Note schließlich auch nichts. Nur gemeinsam ergeben sie die Musik. Oder in einem Buch: einzelne Wörter, einzelne Seiten – nichts! Erst zusammen ergeben sie ein Buch, einen Klang, einen Sinn. Chirurgen lernen aber das einzelne betrachten und behandeln. Wo doch nichts für sich allein existieren kann. Ich hatte früher eine solche Sehnsucht nach Überschaubarkeit, nach Klarheit, nach dem berühmten Teilen und Herrschen! Wir schauen die Leber an, das Herz, die Milz, einen Muskel, einen Knochen, einen Nerv – gut und schön, nur sind sie für sich genommen nichts. Sie gehören zusammen. Und trotzdem arbeite ich tagaus, tagein am einzelnen. Ich bekomme »eine Leber« auf den Tisch, nicht einen Menschen mit einem Leberschaden, »einen Magen«, »eine Niere«, kann meine Zweifel in letzter Zeit aber nicht mehr beschwichtigen, das Bewußtsein, daß dieser Darm, jene Blase Teile eines größeren Ganzen sind, daß alles zusammenhängt, daß sogar ich selbst vielleicht nur Teil eines weiteren, viel größeren Ganzen bin. Da stehe ich vor meinen säuberlich herausgetrennten Organen, sie liegen in ihren Metallschalen, hellrot, dunkelrot, und sie verenden vor meinen Augen. Ich löse sie mit aller Sorgfalt heraus, sie sind warm und weich, sie zucken, sie dehnen sich in meinen Händen, sie schmiegen sich hinein, und während ich sie betrachte, entweicht ihre Seele, sie verwandeln sich in totes Gewebe...

Das Licht geht aus. Ich schnaube hörbar durch die Nase, um ihm zu bedeuten, daß ich zuhöre, und drücke auf den roten Knopf. Das Blut staut sich in den Waden. Neulich beim Zahnarzt habe ich in der »Seniorenpost« scheußliche Abbildungen von Krampfadern und offenen Beinen gesehen. In den Tageszeitungen ist seit ein paar Tagen häufig von Thrombosen die Rede.

...Manchmal denke ich, alles, was der Mensch anfaßt, stirbt. Wir sind nicht begabt fürs Schaffen und Schöpfen. Wir können nur Auslöschen. Zerstören. Auffressen. Und dabei fing ich doch mit einer solch kindlichen Begeisterung fürs Retten, Heilen, In-Ordnung-Bringen an! – Metzger-Toni war Alkoholiker, würde ich heute sagen. Eines Nachts überfuhr er mit seinem Jaguar in trunkenem Zustand eine Saisonarbeiterin. Sie war auf der Stelle tot. Das kehrte man im Dorf unter den Teppich. Toni war beliebt, und man brauchte ihn. Wahrscheinlich litt auch er unter der Entdeckung seiner Begrenztheit, unter Zweifeln, darunter, daß alles miteinander zusammenhängt, er aber alles voneinander losgelöst zu betrachten hatte, um nicht vor der Unüberschaubarkeit kapitulieren zu müssen. Ja, er wird gelitten haben. An der Front, in Rußland, sieht das Leben vielleicht für den Moment einfacher aus. Da kommt es nur darauf an, dem Tod auszuweichen. Im Lazarett kommen blutende Klumpen auf den Tisch, man muß Adern abklemmen, Knochen zersägen, Öffnungen zunähen und Herzen am

Schlagen halten. Unsere alltäglichen Leiden sind viel komplizierter als das, was wir einander in einem Krieg zufügen...

Die Tür zum Berliner Zimmer geht auf. Eine dicke Frau tritt ins Entree. Sie betätigt den Lichtschalter. Im schwachen Schein einer nackten Glühbirne, die unter der Decke hängt, leuchtet ihr Gesicht tief rot. Sie fixiert mich. Er sagt: Das ist unser Nachbar. Er kommt auch vom Land – meine Frau.

Aus dem Hintergrund, vielleicht aus der Küche, ist ein Radio zu hören. Es läuft gerade eine Wortsendung, etwas über Tiere. Der Sprecher sagt: Gefährlich durch Beißen und Schlagen wird das männliche Kamel in der Brunstzeit. Sein Gebaren ist dann höchst abschreckend, indem es widerwärtige Töne ausstößt und beim Anblick eines anderen Kamels, insbesondere eines weiblichen, eine große, ekelhaft aussehende Hautblase, den sogenannten Brüllsack, aus dem Hals heraustreibt. Die Drüsen am Hinterkopf verbreiten dabei einen sehr üblen Geruch.

Die Frau starrt mich unverwandt an. Nachdem es schon fast beleidigend wirkt, schließt sie plötzlich die Tür zum Berliner Zimmer und kommt mit großen Schritten auf mich zu, so daß der Boden zu vibrieren beginnt, streckt die Hand aus und sagt: Die Freunde meines Mannes sind auch meine Freunde.

Der Satz kommt gepreßt aus ihr heraus und klingt so überraschend und so verkehrt, daß er mich in tiefste Verlegenheit stürzt und ich mich mit meiner blödsinnigen Idee, mit einer Flasche Wein einen Antrittsbesuch zu machen, zum Teufel wünsche. Das Licht im Treppenhaus geht aus. Ich drücke auf den roten Knopf und ergreife, da mir nichts anderes übrigbleibt, die entgegengestreckte Hand, wobei ich fiebrig überlege, was ich erwidern könnte. Doch das erübrigt sich. Nachdem sie nämlich den Satz mit den Freunden gesagt hat, bleibt sie mit halboffenem Mund vor mir stehen, hebt die Augen zur Decke und entläßt mit einem Stöhnen die restliche Luft, die sich in ihr angestaut zu haben scheint. Diese Art zu seufzen, nachdem sie ein paar Worte gesprochen hat, scheint mit ihrer Leibesfülle zusammenzuhängen. Es wirkt dermaßen ungeschickt, gutmütig und liebenswürdig auf mich, daß ich die Frau schlagartig ins Herz schließe.

Ohne sich etwas anmerken zu lassen, erzählt ihr Mann weiter. Wahrscheinlich hat er sich das angewöhnt, um ihr so über allfällige Verlegenheiten hinwegzuhelfen.

Mein Vater hatte ein Geschäft für sanitäre Installationen. Das lief gut...

Die Frau läßt sich auf den Stuhl fallen, der da zum Schuheanziehen bereitsteht. Aufgrund ihres Gewichts scheint es ihr schwerzufallen, sich längere Zeit auf den Beinen zu halten. Sie sagt: Und die Mutter machte die Buchhaltung, mhm...

Der Nachbar fixiert meine rechte Augenbraue und fährt ungerührt fort: Sie war eine schöne, immer vergnügte Frau. Auch mein Vater war ein fröhlicher Mensch; er sang von morgens bis abends. Genügend Geld floß aufs Konto, mehr als genug. Die Mutter hielt es zusammen und legte es zu besten Konditionen an. Sie hatte, wie man so sagt, ein Händchen dafür. Manchmal machten die beiden sonntags ein

Spiel: Er mußte das Geld, das sie angelegt hatte, in den Büchern suchen. Meistens fand er es nicht und gab auf. Dann legte er sich glücklich aufs Bett, die Mutter legte sich dazu, die Tür fiel ins Schloß, und ich spielte. Nach etwa einer Stunde kamen die beiden mit geröteten Gesichtern herunter – ich sage herunter, weil da eine Treppe war –, und es gab Tee und Gebäck. Danach schlug mein Vater mit mir Purzelbäume. Manchmal wälzte sich auch die lachende Mutter zwischen uns am Boden. Später duschten wir gemeinsam. Vater führte vor, wie ein Mann sein Glied richtig wäscht. Dann gab's Nachtessen. Vor dem Schlafengehen spielte er mit mir draußen im Garten Versteck. Wenn ich mich zu fürchten begann, weil ich ihn nicht fand, gab er sich zu erkennen, umarmte mich und brachte mich ins Bett. Das Geschäft lief immer besser. Junge Männer mit kräftigen Armen und Beinen mußten eingestellt werden. Im Sommer trugen sie mich auf ihren Schultern. Meine Mutter zog mir, wenn's warm wurde, Mädchenkleider an, luftige Röcke. Die heißen Nacken der jungen Angestellten zwischen meinen nackten Schenkeln und die pieksenden Härchen sind eine schöne Erinnerung für mich. Nachdem ich volljährig war, starben meine Eltern plötzlich und vermachten mir den Betrieb...

Das Licht geht aus, ich murmle oh und drücke den roten Knopf.

...Im Nachbarhaus, einer Villa mit einem großen, hinter einer Hecke verborgenen Garten, lebte ein alleinstehender Mann. Er wurde bei uns zu Hause der Spekulant genannt. Ob er einer war, weiß ich nicht. Das Wort sagte mir damals nichts. Es hieß, früher sei er verheiratet gewesen.

Wann, warum und wie die Frau aus seinem Leben verschwunden war, darüber redete man nicht. Als ich sehr klein war, gab es in der Villa noch einen Sohn, Ralf. Zu zweit lebten sie in dem riesigen Haus, Vater und Sohn, versorgt von einer Haushälterin, Frau Magli. Ralf war ein paar Jahre älter als ich. Er hat mich nie eines Blicks gewürdigt. Als ich sechs war, starb er an Krebs. Ich erinnere mich dunkel an ein Wimmern, das durch die Hecke drang. Unheimlich. Besonders in der Dämmerung. Das Wimmern hörte auf, und es hieß, Ralf sei gestorben. Eine weiße, weich gefederte amerikanische Limousine holte den Leichnam ab. Der Spekulant fuhr in seinem Jeep hinter der Limousine her. Den Jeep hatte er ein Jahr zuvor gekauft, zusammen mit einer riesigen dänischen Dogge, einem Geburtstagsgeschenk für Ralf. Die Dogge war glatt einen Kopf größer als ich. Manchmal brach sie durch die Hecke in unseren Garten, stellte sich mit triefenden Lefzen vor unserem Haus auf, legte den Kopf schief und stand da. Dann hörte man einen Pfiff, sie schnellte zur Seite, Speichelfäden flogen glitzernd durch die Luft, und sie verschwand in der grünen Wand. Nachdem Ralf gestorben war, fuhr der Spekulant fast jeden Tag mit der Dogge im Fond zum nahe gelegenen Wald, stellte dort den Jeep ab und ließ das Tier laufen. Er lehnte sich an den Kotflügel, rauchte und schaute vor sich hin. Nach einer halben Stunde pfiff er, die Dogge kam angerannt, sprang hinten in den Wagen, und er fuhr nach Hause. Eines Abends kehrte er ohne die Dogge vom Wald zurück. Er rief meinen Vater an und sagte, der Hund sei entlaufen. Ob wir ihm vielleicht ein paar Stunden schenken und suchen helfen könnten. Insgesamt fünfzehn Leute aus dem

Dorf versammelten sich am nächsten Mittag vor seiner Villa. Zusammen machten wir uns auf den Weg. Jeder sollte im Wald einen anderen Pfad einschlagen und in Abständen den Namen der Dogge rufen. Sie war, wie erwähnt, größer, als ich damals war. Hätte sie mich rufen gehört und wäre auf mich zugerannt – ich wäre vor Angst gestorben. Ich rief daher nicht sehr laut. An den Namen kann ich mich nicht erinnern, wohl aber an die Hitze. Unter den dichten Blättern der Bäume, über dem feuchten, federnden Boden, staute sich schwüle Luft. Es war sehr still. Die Rufe der anderen verloren sich in der Ferne. Tausende von Insekten summten. Ich wußte einen kleinen Bach, ein Rinnsal eher, mit einer moosigen Lichtung. Dort wollte ich mich hinlegen und die Zeit verstreichen lassen. Kurz bevor ich auf die Lichtung hinaustrat, entdeckte ich den Spekulanten. Er hatte die Hose ausgezogen und stand im Wasser. Seine Beine waren schneeweiß. Dunkle Würmer hingen an seinen Unterschenkeln. Blutegel, nehme ich heute an. Er hielt die Augen geschlossen, rauchte eine Zigarette und sagte ganz zart, wie zu sich selbst, immer wieder den Namen seiner Dogge. Dann spürte er meine Anwesenheit, öffnete die Augen und schaute mich an, mit so einem Blick... Als kleiner Knabe hatte ich einmal Fieber, lag im Bett und durfte im Dunkeln das Wunschkonzert hören. Da kam ein italienisches Lied, etwas herzzerreißend Sehnsüchtiges, Wehmütiges, etwas wie ganz starkes Heimweh, eine Empfindung, für die man in diesem Alter besonders empfänglich ist und die ich für mich danach jahrelang »somnambuhlam« nannte. Viel später erst, als Erwachsener, begegnete ich dem Lied wieder. Es war Arminas Arie »Ah non credea mirarti...« aus Bellinis

La Sonnambula. Genau so schaute er mich an. Mir wurde windelweh. Nach einer langen Pause deutete er auf die Blutegel, lächelte verlegen und murmelte etwas wie »kotoplepless«, was mich vollends durcheinanderbrachte. Dann fragte er: Wolltest du baden? Komm doch morgen zu mir, da ist es komfortabler. Als hätte er damit das Grauenhafteste überhaupt gesagt, rannte ich davon und rannte und rannte, bis mein Kopf schier zerplatzte und ich nicht mehr weiterkonnte. Dann kauerte ich mich zitternd unter einen Busch und wartete darauf, daß es Abend wurde. Um sechs sollte man sich am Waldrand wiedertreffen. Niemand hatte den Hund gesehen. Der Spekulant lud alle zu sich ein. Vor der Garage hatte Frau Magli in der Zwischenzeit ein Büfett aufgebaut. Es gab Crevettencocktail und Champagner. Die Stimmung war gedrückt, weil wir die Dogge nicht gefunden hatten. Niemand kannte Crevetten – die waren damals noch nicht in Mode –, und Champagner hielten die Leute noch für ein Angebergetränk. Die Kinder bekamen Coca-Cola und amerikanisches Eis. Der Spekulant stand da und schaute mich mit seinem Somnambuhlamblick an. Er trank ein halbes Glas Champagner, bedankte sich mit steifen Worten für die »großartige Zusammenarbeit«, so nannte er die Suche. Er gab jedem Kind eine funkelnagelneue Banknote, und dann sagte er, wir müßten ihn bitte entschuldigen, er habe einen dringenden Termin, stieg in seinen Jeep und fuhr weg. Frau Magli machte mit dem Champagner und den Crevetten noch einmal die Runde, aber alle dankten. Bald löste sich das Häuflein auf...

Das Licht im Treppenhaus geht aus. Die Frau seufzt, erhebt sich und sagt: Gute Nacht. Sie geht Richtung Berliner

Zimmer und öffnet die Tür. Der Boden zittert nach. Wieder ist die Stimme aus dem Radio zu hören. Es geht inzwischen um Fische. Der Sprecher behauptet, der Kabeljau lege im Jahr neuntausend Eier. Die Frau macht das Licht im Entree aus und zieht die Tür hinter sich zu. Wir stehen im Dunkeln. Ich drücke auf den roten Knopf. Der Nachbar fährt fort, als sei nichts geschehen:

...Ein paar Tage später nahm ich allen Mut zusammen, klingelte bei ihm und sagte: Ich möchte baden. Er schaute mich wieder so an, so lange, und wieder wurde mir ganz somnambuhlam zumute. Dann sagte er: Schön, komm rein. Mitten in der Villa gab es einen Swimmingpool. Die Wohnräume waren drumherumgebaut, wie im alten Rom. Dazwischen, im Atrium, war das Becken. Der Spekulant zeigte es mir, klaubte ein paar Münzen aus seiner Tasche, warf sie hinein und sagte: Wenn du willst, kannst du nach ihnen tauchen und sie behalten. Ich ging ab da fast jeden Tag hin. Wo warst du? Beim Spekulanten, baden. Es war vor allem dieser Blick. Wie ein Sog. Von ganz unten, oder von weit weg, ich weiß nicht – wie bei einem Verschütteten vielleicht, der hoch oben einen Schimmer Tageslicht sieht. Er warf die Münzen hinein, drehte sich weg und ging davon. Dann kam er mit frischem Obst wieder, stellte es auf einen Tisch und schaute mir zu. Wenn ich mit blau angelaufenen Lippen zitternd aus dem Bassin kletterte, schaute er mich an, holte ein riesiges, weißes Frotteetuch und wickelte mich hinein. Dann rief er nach Frau Magli, welche Milchkaffee und amerikanisches Eis brachte. Er schaute ihr aus seiner Tiefe zu, schaute, wie sie den Milchkaffee eingoß, das Eis auf den Teller häufte, wie sie ins Haus zurückging, wie ich den

Kaffee trank, das Eis schleckte, wie ich, in das weiße Badetuch gehüllt, fröstelnd vor ihm saß. Die Sonne war bei ihm immer nur halb zu sehen, zumindest in meiner Erinnerung, wegen der hohen Bäume, die um seine Villa standen. Es werden sehr alte Bäume gewesen sein, denke ich heute. Die Luft war jedenfalls immer kühler als überall sonst. Nur an drückend schwülen Tagen war es angenehm bei ihm. Er saß tagaus, tagein im schattigen Atrium seines Hauses, am Rand des Schwimmbeckens, und schaute vor sich hin. Manchmal blätterte er in Zeitschriften. Er hatte verschiedene Magazine abonniert, teure Hefte mit prächtigen Fotos von fernen Ländern, Opernaufführungen, Kunstausstellungen, Gebäuden, von nackten Menschen. Wenn ich ihn überraschte, schaute er auf, legte die Zeitschrift zu den übrigen, sagte: Na?, griff in sein Jackett, holte eine Handvoll Kleingeld hervor und warf es ins Wasser. Einmal fragte er mich, ob ich den Katoblepas kenne? Natürlich kannte ich ihn nicht, aber das war das Wort von damals, am Bach. Er erklärte, das sei eine Art schwarzer Büffel, aber mit einem Schweinskopf, der auf die Erde falle, weil er nur durch einen langen, dünnen, schlauchartigen Hals, weich und glitschig wie ein leerer Darm, mit dem übrigen Körper zusammenhänge. Das Tier liege deswegen meist platt auf dem Bauch, am liebsten im Sumpf. Es liebe die Nähe von Wasser. Seine Beine habe es zwischen der Borstenmähne im Gesicht versteckt. Oft fresse es sich die eigenen Tatzen ab. Dazu schaute er mich aus seiner Tiefe an. Ich hatte noch Monate danach entsetzliche Angst vor dem Katoblepas. Daran erinnere ich mich. Und einmal saß er da, den Kopf in die Hand gestützt, und las ein Buch. Und als ich mich vor ihm in meiner leuchtend blauen Badehose aufstellte, hob er nur kurz den Kopf, warf mir einen flüchtigen, fragenden Blick zu und las weiter – ein Vorgang ohne Bedeutung, vielleicht, der mir aber das Blut ins Gesicht trieb. In seinem Blick meinte ich nämlich die Frage gelesen zu haben, was ich wolle, weshalb ich eigentlich komme, und ich glaubte, er habe den Kopf nur deshalb so rasch gesenkt, weil er nicht wollte, daß ich diesen Blick lesen könne. Ich ging an den Tisch mit den Magazinen, ergriff eins, blätterte darin, mußte aber unaufhörlich daran denken, daß er kein »Na?« zu mir gesagt hatte und mich offenbar auch weiterhin nicht zur Kenntnis nahm. Ich empfand es als demütigend. Und das hat sich mir, wie Sie sehen, eingebrannt. »Ich bin der, der nicht spricht, der den Mut in dir bricht.« Kleine Ungereimtheiten dieser Art, Blicke, Mißverständnisse bringen mich noch heute sofort aus der Fassung und an den Abgrund. Sicher, man sagt, das war doch nicht so gemeint oder so, und trotzdem...

Das Licht geht aus. Ich sage: Sicher, ja, und drücke auf den Knopf, während er fortfährt:

...Als ich zu groß war zum Münzen-Tauchen und Planschen, brach der Kontakt ab. Manchmal sah ich eine Bewegung hinter der Hecke um den großen Garten, aber meistens wirkte alles wie ausgestorben. Abends gingen in der Villa ein paar Lichter an, vereinzelte, kleine, die durchs Blattwerk schimmerten, manchmal fuhr ein Auto vor und verschwand hinter der grünen Mauer, man hörte, wie der Motor abgestellt wurde und Türen schlugen. Bald nach dem Tod meiner Eltern starb auch der Spekulant. Er erschoß sich im Luftschutzbunker seiner Villa. Frau Magli war zu

Hause. Es muß grauenvoll gewesen sein: Er wollte sich ins Herz schießen, verfehlte es jedoch und verendete qualvoll. Frau Magli rief Metzger-Toni an, der kam, sah den blutigen Schaum und den sich darin windenden, stöhnenden Spekulanten und sagte: Das wird nichts mehr. Er gab ihm eine Morphiumspritze und wartete. Nachdem der Tod eingetreten war, half er Frau Magli beim Reinigen. Der Spekulant hatte auf seinem Schreibtisch ein Testament hinterlegt, in dem stand, er vermache sein ganzes Vermögen »dem jungen Mann aus der Nachbarschaft, der früher bei mir nach Geld tauchte«. Frau Magli sagte vor Gericht unter Eid aus, das sei ich. Juristisch war es nicht einfach, mir das Erbe zu übertragen, aber es ging. Nachdem alles abgeschlossen war, bedachte ich Frau Magli mit einer größeren Summe und lud sie zum Abendessen ein ins beste Restaurant der Gegend. Sie aß sehr viel und trank unvorstellbare Mengen Rotwein. Die Rechnung habe ich aufbewahrt. Drei Flaschen Beaune insgesamt.

Eigentlich wollte ich Ihnen nur erzählen, wie es kommt, daß jemand wie ich Chirurg wird und konzertreif Klavier spielt. Meine Jugend verbrachte ich in einer witterungsmäßig begünstigten Epoche: Jahrhundertsommer folgten auf Jahrhundertfrühlinge, die Winter waren kurz, kalt und gleißend, die Herbste leuchteten, und meine Mutter strahlte, wenn ich Klavier spielte, also spielte ich oft. Nichts Herrlicheres als eine zufriedene Mutter...

Das Licht geht aus. Ich schnaube durch die Nase und drücke auf den Knopf.

...Und wenn dann auch noch der Vater nach Hause kam und zu meiner Klavierbegleitung sang, dann war das der Gipfel der Glückseligkeit. Den Beruf des Klempners brauchte ich nicht zu erlernen. Mein Vater sagte, solange er könne, werde er klempnern, und ich solle tun, was mir Spaß mache, Geld sei genug da. Es war das einzige Mal, daß ich in meiner Kindheit das Wort Geld habe aussprechen hören. Meine Eltern starben auf merkwürdige Weise: Sie lagen zusammen in einer Umarmung, nickten ein, er auf ihr drauf, schlummerten ein wenig, versäumten dabei zu atmen und wachten nicht mehr auf. Die Angestellten gingen zum Dorfschreiner und ließen eine große Kiste bauen. Wir legten die beiden, wie sie waren, hinein und vergruben sie im Garten hinter dem Haus. Das ging damals noch, auf dem Land. Heute wäre es verboten, weil die Leichensäfte ins Grundwasser dringen und alles vergiften können. Das Geschäft wurde von den Angestellten weitergeführt und existiert noch heute. Sie überweisen mir jährlich die Hälfte der Gewinne. Manchmal lade ich sie ein ins Restaurant, in dem ich auch mit Frau Magli gegessen hatte. Es ist nach wie vor berühmt für seine Küche und hat uns noch nie enttäuscht. So kam es, daß ich kein Klempner wurde und viel Zeit hatte fürs Klavier. Wie das Leben so spielt: vom Klempnersohn zum Chirurgen. Das Geschäft floriert besser denn je. Die Villa des Spekulanten habe ich einem der Angestellten meines Vaters zu einem moderaten Preis überlassen. Er hat inzwischen Kinder, die gerade schwimmen lernen. Ich denke, Schwimmenlernen kann nicht schaden. Vieles dagegen, was man erlernen kann, halte ich für schädlich. Wo ich herkomme, lernt jedermann dauernd etwas Neues. Können sie Deutsch, werden sie traurig und fangen an, Französisch zu lernen. Sobald sich wieder die Trauer bemerkbar macht, wechseln sie und lernen Russisch. So geht es weiter, und immer, wenn sie bei Schwermut, Überdruß oder Ratlosigkeit anlangen, schließen sie die Bücher und greifen zu den nächsten, wo es mit Milch und Honig wieder von vorne losgeht...

Die Frau öffnet wieder die Tür und schaut uns an.

Der Chirurg greift nach der Weinflasche und sagt blinzelnd zu meiner rechten Augenbraue: Ich erzähle Ihnen noch mein halbes Leben... Vielen Dank. Vielleicht möchten Sie doch ein Glas mit uns trinken?

Dazu hebt er die Flasche halb in die Höhe und wendet sich unsicher seiner Frau zu. Die hebt auf ihre sonderbare Art die Augen zur Decke und stöhnt leise durch den halbgeöffneten Mund.

Ich wehre ab: Danke, danke, auf gar keinen Fall. Ich kenne ihn schließlich, den Wein. Er sollte eigentlich schmecken. Ich hoffe, er hat keinen Korken. Trinken Sie ihn zusammen mit Ihrer Frau. Nein, nein, wirklich, ich wollte Sie bloß kurz begrüßen und willkommen heißen als zukünftigen Nachbarn, und wollte Ihnen sagen, wie sehr es mich freut, daß Sie Klavier spielen. Das hebt die Atmosphäre in so einem Haus.

Er starrt mich erschrocken an und sagt: Oh, ich habe gestört? War es schon so spät? Wie konnte ich nur! Selbstverständlich. Das wird auf gar keinen Fall wieder vorkommen. Betrachten Sie es freundlicherweise als eine Ausnahme. Bloß so. Zum Einzug – man möchte auf der Stelle hören, wie es klingt, in der neuen Umgebung, Sie verstehen. In Zukunft werden Sie sich nicht mehr zu beklagen haben, das verspreche ich. Gute Nacht.

Nein, nein, sage ich, im Gegenteil … Die Tür fällt ins Schloß.

Ich gehe über den dunklen Treppenabsatz zurück in meine Wohnung.

*»Setze nur selten den Fuß ins Haus deines Nächsten.«*
*(Sprüche Salomos 25,17)*

# Leg dich hin

Es ist Mode, in sogenannt historischen Momenten Dichter anzurufen und ihnen diesbezügliche Fragen zu stellen – Bauwesen, Militaria, Weltgeschichte oder die Lebensführung ganz allgemein betreffend. Obwohl Dichter naturgemäß nichts von alledem verstehen – sie kümmern sich kaum darum, da es im Vergleich zu den Problemen ihrer papiernen Helden immer erdenschwer bleibt –, nehmen sie solche Fragen persönlich und sehr ernst. Sie lassen sich tagelang davon umtreiben durch Schneegestöber und Hitzewellen. Schwitzend und stöhnend suchen sie nach Antworten. Mit blutiggeschundenen Händen, zerrauftem Haar und zerknittertem Gesicht – als hätten sie eigenhändig den ganzen Berliner Beton anrühren, eigenhändig sämtliche Kanonen Serbiens stopfen und abfeuern, ganz allein die Berliner Mauer wieder abtragen müssen – liefern sie Tage später ihre krausen Stellungnahmen ab (kraus, weil das Zeitgeschehen, worauf sie sich beziehen, selbstverständlich unendlich viel öder ist als das, was sie sich darunter vorstellen – sonst wäre es um die Literatur übel bestellt). Nicht selten geschieht es, daß sie für diese krausen Betrachtungen Geld erhalten – oft sogar mehr, als sie mit ihrer Literatur jemals verdienen können, worüber sie sich dann freuen wie die Kinder. Und so kommt es, daß die Literatur beinahe versiegt, wenn (kultur)politische Instanzen einen Moment zum historischen erklären und ihn den Dichtern als Thema vorsetzen.

Was Leute, die schreiben, wirklich beschäftigt, ist beispielsweise folgendes:

Wenn mißratene Sätze nicht gleich nach ihrem Entstehen durchgestrichen und ausgelöscht werden, fangen sie an, sich festzusetzen. Obwohl sie nichtssagend sind, gelingt es später nur noch schwer, sie zwischen den anderen zu erkennen und herauszulösen. Sie stehen dann da, unauffällig, wachsen nicht, verwelken nicht, sind bloß da, man übersieht sie, und wenn man sie entdeckt, weiß man nicht, sind sie noch am Leben oder bereits abgestorben. Oft halten sie sich in diesem Zustand länger als die besten Merksätze.

Im Süden keimt Gras und Gestrüpp auf Wellblechdächern, in Mauerritzen, zwischen geplatztem Asphalt von Ausfallstraßen, wo es einstaubt, als unansehnliches, ledriges Grünzeug in der Sonne bleicht, klein und verkrüppelt steckenbleibt im ersten Stadium des Wachstums, entgegen jeder Vernunft aber nicht eingeht, sondern den Sommer übersteht, im Winter vom Regen blankgewaschen und gestärkt wird, um gleich darauf in der Hitze wieder gedörrt zu werden – an Gedeih ist nicht zu denken, aber offenbar auch nicht ans Aufgeben und Verderben. Zäh hält sich, was die ersten Tage überlebt, Hunde, Katzen, Feigenbäume, Reben, Kinder von Arbeitslosen und Tagedieben – was nicht in den ersten Stunden abgewürgt wird, das bleibt lange da, drahtig, verdreckt, zerrupft.

So auch die Unglückssätze, -wörter, -gedanken. Werden sie nicht sofort ausgemerzt, krallen sie sich fest. Am besten, man läßt sie gar nicht erst aufs Blatt, noch besser, nicht in den Kopf. Man verschließe ihn, den Kopf, betrachte die Sonne, wie sie auf den Fußboden fällt, solange sie das tut;

man versenke sich in die hellen Vierecke, die sie dort wirft; man halte seine Hand in die Lichtbalken und spüre die Wärme.

In der Hafengegend von Neapel, wo kein Schatten ist, kein Wasser, nur Wind, Abgase, Ölpfützen, Sand und ausgebleichtes, zerfallendes Zeitungspapier, das im Kreis wirbelt um die staubigen, kurzen Grasbüschel, die aus dem glühenden Zement ragen, dort machte mich das Gestrüpp zum ersten Mal nachdenklich mit seiner Zukunftslosigkeit, seiner Nutzlosigkeit, seiner Vergeblichkeit – keine Ziege wird sich je danach bücken, käme sie hier vorüber; noch nicht einmal abgebrannt wird es werden wie das an einer Eisenbahnböschung; nichts. Es müht sich ab, da zu wachsen und ein Gras zu werden, ohne jede Hoffnung auf einen würdigen Graszweck oder wenigstens ein würdiges Grasende. Es wäre für den Samen eine Erlösung gewesen, rechtzeitig von einem Sperling gefressen worden zu sein. Was für ein elendes Dasein! Und so, denke ich, sollten auch schlechte Wörter, Gedanken und Sätze an Spatzen verfüttert werden, bevor sie sich festsetzen in irgendwelchen Ritzen oder Spalten, wo sie dann ungeliebt, oft sogar störend, ihr endloses Leben verbringen. – Nun ja, vielleicht denke ich zu tüchtig. Das Gras in der Hitze der Hafenmole steht sein Gras ebensogut wie das auf einem englischen Rasen. Beide sehen und erleben ihre Welt.

Noch weiter im Süden, wo sich kleine Ortschaften zwischen Autobahn und Meer zwängen – das Ufer eine Müllkippe, das Wasser eine vergorene, stinkende Brühe –, da liegen die Uferpromenaden wie vor hundert Jahren, mit Palmen, lederblättrigen, dunkelgrünen Bäumen daran, wo man abends auf und ab schlendert, sehr langsam, die Rauchschwaden von den brennenden Reifen einatmend, die Möwenschreie über dem Abfall vernehmend, sich zwischen den Autos durchwindend, das faulige Wasser riechend; wo man die Sonne untergehen sieht wie vor tausend Jahren; wo man lacht, seufzt, hupt, Ratten laufen und räudige Hunde hinterherjagen läßt; Kinder weinen in ihren Wägelchen; in der Ferne gleitet ein weißes Schiff vorüber; Eis wird geschleckt; Musik dröhnt; man geht Arm in Arm; Fernseher laufen; und das staubige, zerfetzte Gras steht neben Straßenbahngleisen, die vor siebenunddreißig Jahren zugeteert worden sind, steht da, schaut zu, und ein Ball rollt darüber. Warum will ich es weg haben? Soll es doch dastehen. Schließlich gehe auch ich da.

Vielleicht sollte ich Sätze und Wörter stehenlassen, wenn sie sich erst einmal an meinem Kopf vorbeigeschlichen und hinter meinem Rücken Wurzeln geschlagen haben.

Sogar kleine Orchesterpavillons sind an den erwähnten Uferpromenaden zurückgeblieben, jugendstilgeschmückt, gußeisern, luftig, und selbst aus deren Fundament ragen borstige graue Grasbüschel – ausreißen oder stehenlassen?

Es war traurig da unten im Süden, aber ich möchte gleich wieder hinfahren. Ich verstehe das Gras, das dort wächst. Es würde ihm hier zwar besser ergehen, bestimmt; es fände hier einen Sinn, wäre zart, grün, zum Hineinbeißen frisch und saftig. Aber wenn alles Sinn hat, wie fad.

Oder: Wir sagen schnell das Falsche. Wenn uns die Zeit dazu bleibt, schämen wir uns hinterher dafür und versuchen, es zu korrigieren; meist folgt darum auf das Falsche das nächste, noch Falschere; drunter und drüber geht's, ein

Steinschlag von Dummheiten; ein verkehrter Satz wird dem vorhergegangenen nachgehetzt, um diesen zurechtzurücken; ein nächster muß her, um das Unheil der beiden Vorläufer zu glätten; ein weiterer, um die ganze schiefgelaufene Bescherung insgesamt aus der Welt zu schaffen; der Haufen wächst und wächst, man verheddert sich darin, weiß nicht mehr, was zuletzt gesagt worden ist – eine üble Sache so oder so, davon ist auszugehen –, ein Satz, der uns das Blut der Scham in den Kopf treiben würde, könnten wir uns an ihn erinnern. Und so plappern wir uns um Kopf und Kragen. Also halte man besser den Mund, betrachte die Sonne, wie sie auf den Fußboden fällt ... Man vermeide die raschen Sätze, die aufgeregten, wütenden Reaktionen, die schlagfertigen Antworten, die Erwiderungen. Man lasse an sich vorüberziehen, was glaubt, ziehen zu müssen. Man schließe die Fenster, wenn's von draußen zu laut hereindröhnt. Es herrscht viel Lärm zur Zeit. Wer etwas sagen will, stampft und brüllt, um vernommen zu werden. Das bringt einen leicht aus seinem eigenen Rhythmus und Klang. Darum schließ die Fenster beizeiten und laß Ruhe einkehren, bevor du ein weiteres Wort, einen weiteren Satz auf den Weg schickst.

Oder am besten: Leg dich hin.

## Reichstag, Berlin

*Eine historische Postkarte, Dezember 1999*

Reichstag – ein herrliches Wort, vergangen wie Kristall. Und so steht er auch da, schroff, ganz allein, am Rand des Tiergartens, eines waldartigen Parks, wo sich Strolche mit Kondomen und gedankenverlorenes Gelichter mit zugeschnürten Hälsen drin herumtreiben, eine fahle Gegend, über welche die Wolken ziehen, wuchtig gewölbt, riesig, oft in Fetzen, gewaltig, wie sie nur von Rußland her über einen Reichstag weg nach Ravenna hinunterfegen können – manchmal schneit's. In dieser Einöde steht er, der Reichstag, eigernordwandhaft, schartig, ein Dinosaurier, und über dem Eingang, in großen steinernen Buchstaben, die Worte DEM DEUTSCHEN VOLKE. Wer ihn diesem geschenkt hat, weiß ich nicht. Bestimmt kein Geringerer als Hindenburg oder Lilienthal.

(Helmut Kohl heißt zur Zeit unschön der deutsche Bundeskanzler. Er findet hier Erwähnung, weil auch er dem Volk etwas schenken möchte: ein historisches Museum. Das soll schräg gegenüber vom Reichstag hingebaut werden, der Grundstein ist bereits gelegt. Schade. Hier lag das Land jahrelang brach und wurde nur von überflüssigen Vögeln genutzt. Wer wollte, konnte hier melancholisch sein, im Winter am grauen Fluß am grauen Tag und einsam – ein Fluß fließt hinter dem Reichstag vorüber, ehemals ein Grenzfluß, was die nobelste und schwermütigste Art Fluß ist, beinahe schon Kanal –, im Sommer angesichts der vielen Menschen, die von Kansas, Kurdistan, Kloten und Kalabrien herkamen, aus Parterrewohnungen gekrochen, um hier in Todesverachtung Würste zu braten, Fußbälle zu treten, Federbälle zu schlagen oder anderswie die Zeit zu verjagen und Sommerfrische zu erlangen. Ein Mekka für Schwerblüter. Von hier zogen sie los, einer hinter dem andern, in den Tiergarten hinein, wo sie sich verloren in der Finsternis. Das soll nun alles ein Ende haben – mit Geschenken ist es immer so eine Sache.)

Hühnchenhaft aufgeregt flattert inzwischen der Zeitgeist über dem Gelände. Es soll als Gesamtes neu eingebettet werden in die Geschichte. Der Reichstag, dieser Hans Albers einer Architektur, soll wieder Regierungssitz werden – man wird sich umgewöhnen müssen. Die DDR, die dahinter anfing, gibt es nicht mehr, und die Schüler werden künftig ihre Fehler an anderen Stellen machen. Die versteppten Rasenflächen, die um das Gebäude lagen, wurden strukturiert. Blumenbeete wurden symmetrisch angelegt, an markanten Stellen wurden kleine Immergrünsträucher gepflanzt, in Gürteln, woanders größere Büsche und Hecken – es macht einen guten, durchdachten Eindruck, überschaubar. Das beschenkte Volk wird sich bald wieder leicht zurechtfinden und bei Ereignissen wie von selbst richtig hinstellen. Ordnung ist eingekehrt, eine Fahne weht im Nordostwind, der Bus Nummer hundert fährt hin, ein Bus, von dem ich vorläufig abrate, weil er schändliche Schlenker durch Stadt und Tiergarten macht, zukunftstrunkene, zeitraubende Rundfahrtenschlenker, wo die Stadt noch gar nicht existiert – der Bus macht sich lächerlich alle paar Meter. Ich empfehle den Zweihundertachtundvierziger, die alte Linie, die schon während der Depressionen hingefahren ist.

Warum ich Ihnen den Reichstag ans Herz lege? – Jedesmal, wenn ich ihn sehe, vermag er mich anzuhauchen mit dem kalten, großen Atem der Geschichte. Ich weiß wenig über ihn, ebensowenig wie über Lilienthal (in Meyers Konversationslexikon steht dazu wirres Zeug in schöner Chronologie), doch das Gebäude wirkt wie ein Schlund, der Himmel spannt sich ungeheuer darüber, die Winde wehen heran aus dem Osten, aus dem Westen, die Nase wird rot, die Füße werden schwer und historisch auf dem Boden, ein Schwindel erfaßt einen, eine Lust, sich hineinzustürzen. Ob ihm diese Macht als wiedererweckter Regierungssitz erhalten bleibt, weiß ich nicht. Zur Zeit ist alles so tief verschneit, die Beete, die Wiesen, die Hecken, es sieht vergessen aus wie immer, endlos. Ja, es ist Winter, und mir schnürt es den Hals zu. Darum.

Ich bin siebenunddreißig Jahre alt, habe mich eingewiegt ins Leben, weine nur noch selten, lache wenig – ein paar Fältchen um die Augen sind von früheren Exzessen in diesen Disziplinen übriggeblieben, Wärzchen auch –, mir kommt vor, mein Körper braucht mehr Wärme als früher, etwa zwei Grad, wahrscheinlich bin ich ruhiger geworden, bewege mich weniger, verbrenne weniger, koche auf kleinerer Flamme – nur dieses Würgen, das ist immer gleich heftig, wenn es kommt. Eher stärker wird es mit den Jahren. Ich sitze am Schreibtisch, heute beispielsweise, habe den Ofen eingeheizt, draußen liegt hoch der Schnee, ich trinke meinen Tee, alles wie seit Jahren, und plötzlich legt er sich auf mich, der Trübsinn, hockt sich mir auf die Schultern, drückt mich in den Stuhl, mir die Arme nieder, auf den Tisch, Kälte schleicht durch die Fersen in die Beine, der Rücken beugt sich, der Bauch fällt vor, ich hebe die Hände nicht mehr, die Finger nicht, den Blick nicht – alles sinkt, und dann beginnt das Würgen.

Man könnte einem Krieg die Schuld geben daran. Ein Krieg ist immer zur Stelle, mal berühmter, mal weniger berühmt, wie's die Mode gerade braucht. Vor kurzem tobte einer, der wäre fast so berühmt geworden wie der Zweite Weltkrieg, und die Gefahr bestand, daß er uns allen die Luft gleich ganz abdrehte, doch so was spürt man nicht am Schreibtisch, und also wäre es gelogen, wenn ich behauptete, das Würgen rühre von diesem oder jenem Krieg. Sicher würden ein paar Kriegsreime das würgende Gefühl kurzfristig vertreiben können – insofern sind auch Kriege daran beteiligt, das stimmt.

Als ich jünger war, setzte ich mich in eine Bar, wenn das Würgen sich bemerkbar machte. Ja, in eine Bar – das könnte ich versuchen jetzt, in eine Bar zu laufen. Nachmittags schon, »Züribar« hieß sie, und ich trank kleine Kaffees mit Grappa, im Hintergrund lief Musik, laut, irgendwas, und das Würgen ließ nach, löste sich auf.

Ich geh jetzt besser raus in den Schnee und gehe und gehe, am besten zum Reichstag. Früher habe ich das alles getan, ohne nachzudenken. Ich lief in Bars, lief in den Schnee, ja ich lief sogar »hinauf zur Waldeshöh, wo sich auflöste in Tränen mein übergroßes Weh« – ohne mich des Zitats zu schämen, tat ich das. Heute bin ich trocken, verrußt. Ich weiß, daß es diesen Park gibt in meiner Nähe, neben dem Reichstag, den Tiergarten, mit zugefrorenen Teichen drin, wo zur Zeit dick der Schnee drauf liegt, mit blattlosen Bäumen drumherum, verschneiten. Mit Krähen drin, Tausenden von Krähen, die aus Rußland hergeflogen kommen, jeden Spätherbst, um sich täglich, um vier Uhr nachmittags, zur Dämmerung, auf den höchsten Bäumen hier zu treffen, unzählige, schreiende, riesige Krähen, graue, schwarze, himmeltraurig schön.

Dort könnte ich jetzt hin. Es ist leer, einsam dort, und es würde mich überwältigen, das weiß ich, und das Würgen würde nachlassen, das weiß ich, aber ich bin nun schon so alt, weiß schon so viel, so viel, weiß von den Bars, weiß von den Krähen, aus Rußland, und daß sie mich überwältigen. – Ach Reichstag, armer Reichstag! Das würde ich zum Reichstag jetzt gerade sagen, und er würde mich verständnislos anschauen, da er gar kein armer Reichstag ist. Im Gegenteil, er ist umworben, steht im Zentrum, das heiße Blut der Zeit durchströmt und wärmt ihn. Ach armer alter Reichstag! So redet man blöde auf jemanden ein und verdirbt ihm die Freude, bloß weil man sich selbst gerade danach fühlt.

## Hinterlassenschaften

Die einen fahren Rad, die anderen Auto, wieder andere gehen zu Fuß. Was jeden einzelnen dazu veranlaßt, sich so oder so fortzubewegen, ist meist Zufall. Leuten, die ihre Art der Fortbewegung für die einzig richtige halten, begegne ich mit Vorsicht. Innerlich schüttle ich den Kopf und denke, laßt doch gut sein, es ist nun wirklich nicht der Rede wert, ob ihr so oder so durch euren Alltag treibt. Diese Vorbemerkung, um klarzustellen, daß ich weder überzeugter Radfahrer noch Fußgänger wie auch kein erbitterter Autogegner oder Flugzeughasser bin. Ich nehme, was da ist, wenn's regnet, die Untergrundbahn oder ein Taxi, wenn's schön ist, gehe ich am liebsten zu Fuß.

Zur Arbeit fahre ich bei gutem Wetter meist mit dem Rad. Der Weg ist nicht allzuweit, die Stadt ist flach, die Straßen sind breit und ohne allzu viele Schlaglöcher. Ich kenne jede Ampel an meiner Strecke, ihre Rot- und Grünphasen, habe im Gefühl, wie schnell ich fahren muß, um bei der nächsten, ohne anhalten zu müssen, durchzukommen. Bremsen ist für Radfahrer unangenehm, weil investierte Energie dabei verlorengeht. Man wird geizig auf dem Sattel. Jedes bißchen Antrieb, das da ist, will aufgebraucht werden. Das war eine Zwischenbemerkung. Ich versuche damit, Autofahrern und Fußgängern zu erklären, weswegen Radfahrer oft wild klingelnd, mit den Armen fuchtelnd, Obacht schreiend und ohne ihre Fahrt zu verlangsamen auf

Menschengruppen zurollen, die ihnen im Weg stehen: Das Tempo ist mühselig erarbeitet worden und mag nicht so ohne weiteres aufgegeben werden. Als Autofahrer übrigens wische ich nicht weniger rücksichtslos vor Fußgängern durch und schneide Radfahrern den Weg ab, und als Fußgänger nehme ich mir erst recht alle Freiheiten heraus gegenüber anderen Straßenbenutzern. Ich hasse Bremsen grundsätzlich. Im Flugzeug liebe ich am meisten das Starten. Damit bin ich zu allgemeingültigen Bemerkungen übergegangen, von denen ich annehme, daß sie die Mehrheit unterschreiben wird. Mehrheitsfähige Gedanken sind mir die liebsten; ich fühle mich darin geborgen. Und wenn einer im Flugzeug lieber landet oder im Auto lieber die Bremskraft spürt, ist selbst das nicht weiter herausragend – es wäre dann halt einfach so. Oder so.

Mein Büro befindet sich in einem Gewerbehof. Wenn ich dort ankomme, schiebe ich das Rad ins Treppenhaus, drehe es um hundertachtzig Grad und lehne es links neben dem Eingang an die Mauer, so, daß ich abends, ohne große Umstände zu machen, aufsteigen und losfahren kann. Jeden Tag, wenn ich es abstelle, stoße ich mit dem Vorderrad gegen die Mauer. Vor ein paar Monaten ist mir aufgefallen, daß der Reifen dort jeweils einen Abdruck hinterläßt. Etwa dreißig Zentimeter über dem Boden sind auf der Breite von knapp einem Meter Tausende dunkler, senkrecht nebeneinanderliegender Striemchen zu sehen. Wenn das Fahrrad nicht dasteht, bei Regen oder im Winter, fällt dieses gestrichelte Muster und – auf der Höhe des Gepäckträgers – ein vertikaler, schmalerer Streifen ins Auge. Diese Markierungen könnten jemand Fremdem auffallen und ihn zum

Nachdenken über deren Herkunft anregen. Zumindest mir würde nicht so schnell einfallen, daß sie wohl von einem Fahrrad stammen, welches hier seit Jahren auf dieselbe Weise abgestellt wurde.

In letzter Zeit denke ich manchmal an den Tod. Und wenn ich dann vor diesen Striemchen stehe, werde ich andächtig. Mir kommt vor, das einzig Bleibende, was der Mensch hinterläßt, sind solche Botschaften. Wir versuchen zwar, große Gedanken zu denken, Geld anzuhäufen, Kinder in die Welt zu setzen, die uns überleben – ohne es zu beabsichtigen, verursachen wir aber irgendwo tatsächlich eine Kerbe, weil wir dort jahraus, jahrein entlanggegangen sind, fabrizieren über Jahre eine Wandmalerei, eine Höhlenzeichnung, die in sich so zwingend ist, so absichtslos wahr, wie nichts anderes in unserem ganzen Leben, ein Dokument, das unendlich viel von unserem Dasein erzählt. Und wenn ein Nachgeborener vor dieser schraffierten Wand steht, wird er möglicherweise furchtbar erschrecken, weil er sieht, wie hier ein ganzes Leben abgeschnurrt ist. Solche Striche habe ich also gemacht, Tag für Tag einen, und so werden eines Tages meine Tage auch in der Tat verflossen sein, Strich für Strich. Das habe ich heute für erwähnenswert gehalten.

Der Weg, den ich mit dem Rad zurücklege, ist mir naturgemäß vertraut. Ich kenne jede Bodenwelle, jede Rille, jede gefährliche Ecke, jede Pfütze. Nur im Frühling muß ich mich jeweils zuerst wieder kurz eingewöhnen. Manchmal wird in der Zwischenzeit etwas an der Strecke verändert, repariert, umgelegt. Neue Ampeln tauchen über den Winter auf, Häuser werden gebaut und verstellen die Sicht, andere werden abgerissen und geben den Blick frei. Im großen ganzen halten sich die Änderungen in Grenzen. Die Straßen, die ich fahre, sind nicht besonders prominent und liegen nicht im Zentrum des öffentlichen Interesses.

Ein Teil des Wegs führt an einem städtischen Park entlang. Zum Abkürzen – und weil es schön ist – fahre ich quer durch diese Grünanlage. Dazu muß ich von der Straße auf den Bürgersteig wechseln. An einer bestimmten Stelle war eine Ecke aus dem Bordstein herausgebrochen. Dort paßte mein Reifen genau hinein, und ich konnte ohne Geruckel die Stufe überwinden. Im letzten Winter scheint dieser Straßenabschnitt instand gesetzt worden zu sein. Die ersten Tage im Frühling fuhr ich der Bordsteinkante entlang und konnte mich beim besten Willen nicht mehr daran erinnern, wie ich die jeweils überwunden hatte. Ich wußte bloß mit Sicherheit, daß ich nie abzusteigen brauchte. Jeden Tag von neuem kam ich an dieses Hindernis, fuhr langsam daran entlang, lüpfte dann, im letzten Moment, das Vorderrad mit einem Hüpfer auf den Gehweg, ließ das Hinterrad rumpelnd nachfolgen, fuhr weiter und fragte mich mißmutig, warum mir das in den Jahren davor jeweils soviel leichter gefallen war. Erst nach langem kam ich dahinter, daß da früher immer ein schadhafter Bordstein war, der wohl ersetzt worden sein mußte. Ich kann's bis heute nicht recht fassen. Jeden Tag verlangsame ich, überlege, erinnere mich dann, wuchte das Vorderrad kopfschüttelnd hoch und trauere dem defekten Stein nach. Wie ein Tier, das nicht kapiert, wenn sich etwas in seiner Umgebung ändert. Im Treppenhaus, das zu meinem Büro führt, fehlte beispielsweise lange Zeit eine Scheibe im Fenster unter dem Dach. Tauben flogen ein und aus, bauten sich ein Nest und brüteten. Junge schlüpften. Als sie flügge waren, scheuchte ich sie hinaus und klebte das Fenster mit Pappe zu – man sprach damals viel von Taubenzecken und den üblen Krankheiten, die von ihnen übertragen werden könnten. Die Jungtauben sind danach ein ganzes Jahr lang immer wieder vor dieses Fenster geflogen, versuchten irgendwo hineinzugelangen, klammerten sich darunter flatternd am Mauervorsprung fest und verstanden nicht, was da vorgefallen war. Sie fallen mir manchmal ein, wenn ich der Bordsteinkante entlangfahre.

Solche Winzigkeiten beschäftigen mich von morgens bis abends. Und dann bin ich gestorben. Das ist fabelhaft.

Kurz nach dem Bordstein führt der Weg über eine kleine Fußgängerbrücke. Manchmal steht dort eine Morgengymnastikerin, die, wie es den Anschein macht, wann immer sie Zeit dazu findet, durch den Park läuft und am Ende ihres Laufprogramms auf dieser Brücke zum Ausklingen eine bestimmte Anzahl Mal seilhüpft. Ich nähere mich ihr immer von hinten und kenne sie nur aus dieser Perspektive. Sie hat einen schön modellierten Körper, den zu erhalten ihr wichtig ist, wie ich aus den Fakten schließe. Ich freue mich jedesmal, wenn ich sehe, daß es ihr gelungen ist, ihren Vorsatz, die Form zu bewahren, in die Tat umzusetzen. Die Silhouette der hüpfenden Frau mit dem wippenden Pferdeschwänzchen macht Lust, an Körperliches zu denken. Seit Jahren ist mir ihr Anblick vertraut. Manchmal fahre ich zweimal im Monat an ihr vorbei, manchmal ein halbes Jahr nicht. Wir sind zusammen älter geworden, ohne daß ich ihr etwas davon ansehe. Ein einziges Mal begegnete ich ihr von vorne, mitten im Park. Sie lief auf mich zu, der ich umgekehrt auf sie zufuhr. Ihr Gesichtsausdruck hatte etwas Abwesendes. Die Augen blickten nach innen. Tiefe Willensfurchen modellierten das Antlitz, das mich an das einer älteren Schauspielerin erinnerte, die wegen ihrer verblüffenden Ähnlichkeit mit einem Roß vom ersten Arbeitstag an eine in diesem Metier gewinnbringende Unverwechselbarkeit vorzuweisen hatte und noch heute von diesem nicht unbedingt wünschenswerten Geschenk der Natur zehrt.

Am Ende des Parks wechsle ich auf eine Entlastungsstraße, die parallel zu einem Stacheldrahtzaun verläuft, hinter welchem in Baucontainern Hunderte von Russen, Portugiesen, Afghanen, Polen und Kirgisen untergebracht sind, die zu ausgesprochen burschikosen Bedingungen an unserer Zukunft bauen, und deren Enkel für die Fron ihrer Vorfahren dereinst eine angemessene Lohnnachzahlung von unseren Enkeln einfordern werden, was für einige Zänkereien sorgen wird, wie wir sie aus der Gegenwart kennen, was mich aber nichts weiter angeht, da man für das, wofür man verantwortlich ist, in der Regel immer erst zur Verantwortung gezogen wird, wenn nichts mehr zu ändern ist, weswegen ich seelenruhig weiterradle.

Seit Jahren muß ich – auch so etwas – vorne, bei der Einfahrt in den Gewerbehof, eine Eisenschwelle überwinden. Jedesmal gab es einen Schlag. Nun hat das offenbar einen anderen Mieter so sehr geärgert, daß er den Höhenunterschied mit Beton ausgeglichen hat. Seit sechs Monaten fahre ich ganz weich darüber. Wie mich das jedesmal freut! Sicher, es treibt mir die Tränen in die Augen, so schäbig und unscheinbar sind die aufgeführten Erkenntnisse, wenn ich sie mir ernsthaft betrachte. Aber sie füllen mich für den jeweiligen Moment ganz und gar aus, und meine Tage bestehen aus nichts als solchen Momenten. Als würde ich etwas zutiefst schmerzlich vermissen, irre ich am Rand des Parks dem Bordstein entlang auf der Suche nach einem Ersatz für die verlorene Scharte; als würde ich etwas Wunderschönes erleben, fahre ich seit Wochen sanft über das Betonrämpchen in den Gewerbehof.

## Die ewige Vorstadt

Knautschke hieß ein riesiger Nilpferdbulle, der als eines der wenigen Tiere die Bombardements des Zoologischen Gartens im Zweiten Weltkrieg überlebt hatte und dafür von den Berlinern heftig ins Herz geschlossen wurde. Als die Mauer errichtet und auf diese Weise verhindert wurde, daß Knautschke weiterhin von West und Ost gleichermaßen besucht und geliebt werden konnte, verblaßte sein Stern ein wenig. Trotzdem standen auch Jahrzehnte später noch regelmäßig alte Frauen vor seinem Becken, plauderten mit ihm, schimpften über dies oder jenes, neckten ihn, klagten ihm leise ihr Leid, und ich stand daneben und hörte zu. Ein tröstlicher Bulle. Vor einigen Jahren ist er gestorben und ausgestopft worden. Seither ist es trostlos im Nilpferdhaus. Ein einziges Wesen, das fehlt, und die ganze Welt ist öd, heißt es. Ja, manchmal gehe ich in den Zoo. Er liegt im Westen der Stadt und ist erwähnenswert schön.

Ins Kino gehe ich ebenfalls hin und wieder. Die Filme kommen aus Amerika und laufen deutsch synchronisiert. Sie sind nicht immer geglückt – Versuche halt, ein breites Publikum anzusprechen. Die Kinos sind groß und wollen gefüllt sein. Titel wie »Ich glaub mich knutscht ein Elch« oder »Die Killertomaten greifen an« werden dort ebenso geduldig vorgeführt wie »Harald mit den schweren Händen« oder »Die drei schönen Müller«. Kinobetreiber sind tolerant. Um mir nicht vorwerfen lassen zu müssen, mein

Geld und meine Zeit nutzlos zu verschleudern, suche ich selbst in den verunglücktesten Filmen noch Kostbarkeiten zu entdecken, derentwegen sich der Besuch trotz allem gelohnt haben könnte. Auf diese Weise habe ich ein Gedicht kennengelernt, das mir gefällt:

»Rosen sind rot und Veilchen sind blau (blue),
ich bin schizophren und das bin ich auch (too).«

Sicher, es paßt nicht zu jeder Gelegenheit, da wäre ich bei den Klassikern besser bedient, aber immerhin, es reimt sich, und das ist doch etwas.

Am ersten Mai ist es oft warm. Der Flieder blüht. Die Linden duften zart aus ihren Poren. Die Blätter der alten Platanen sind noch klein und von einem weißen Pelz überzogen. Da gehe ich gern spazieren und schaue, wie sich die Stadt während der dunklen Wintermonate verändert hat. Sie ist arm und kann sich nicht viel leisten. In den Müllcontainern liegen verfallene Medikamente, gestorbene Vögel aus Käfigen, darunter gären benutzte Wegwerfwindeln und entwickeln explosive Gase. An den Straßenrändern stehen frischlackierte, leuchtend grüne Kleinbusse mit Bamberger Kennzeichen. Darin sitzen Abschlußabsolventen aus bayrischen Polizeischulen, die traditionell zum »Tag der Arbeit« einen Ausflug nach Berlin machen. Sie tragen die jeweils neuesten Uniformen, Kreationen aus starkem Tuch, hochgeschlossen, wetterfest. Um Arme und Beine haben sie sich schwarze Plastikschienen geschnürt, auf dem Kopf sitzen Helme mit Visieren. Einzelne stehen im Schatten wenig belebter Mietskasernen oder unter einem Baum. Manchmal ist es gewittrig schwül, und den frisch vereidigten Beamten rinnt der Schweiß in die Augen. Wer nicht bei der Polizei arbeitet, hat an diesem Tag frei, holt seine ältesten Sachen aus dem Schrank und verkleidet sich als Räuber. Im Lauf des Tages trifft er sich mit seinen Berliner Freunden aus Freiburg, Lübeck und Dortmund in den städtischen Grünanlagen, legt sich dort auf den Rasen, sonnt sich und wartet, bis es Abend ist. Dann bricht er mit ihnen zusammen in kleinen Gruppen auf, man ruft durch Megaphone »Nie wieder Deutschland« und zieht Richtung Innenstadt. Eskortiert werden die Trüppchen von ein paar Polizisten an der Spitze und am Ende, die dafür sorgen, daß alles seine Ordnung behält. Unterwegs trinkt man Bier und wirft mit Steinen, je dunkler es wird, desto mehr. Irgendwann wird es den Polizisten zu bunt. Die Umzüge beginnen zu stocken, es entsteht ein Gerangel und Gerenne. Fällt ein Beamter in seiner Rüstung hin, kommt er ohne fremde Hilfe nur schwer wieder auf die Beine und bleibt längere Zeit wie ein Käfer auf dem Rücken liegen. Scheiben, Augen und Knochen gehen zu Bruch. Am folgenden Morgen streunt, wer Zeit dazu hat, durch die Quartiere und sucht nach Spuren der Nacht. Glassplitter liegen auf den Straßen, die Fahrradfahrer fluchen.

Viel mehr Traditionen gibt es nicht. Die Stadt ist jung, hat sich ein paarmal an der Geschichte die Finger verbrannt und ist deswegen zutiefst mißtrauisch gegen alles, das Anstalten macht, sich festzusetzen. So errichteten beispielsweise vor vielen Jahren selbsternannte Arbeiter und Bauern eine drei Meter hohe Mauer mitten durch die Stadt. Das war kinderfreundlich und verkehrsberuhigend. Überdies entwikkelte sich der Streifen im Schatten der Mauer zu einem idea-len Abladeplatz für Sperrmüll. Dort fand seine letzte Ruhe, was nicht mehr zu gebrauchen war, und wer wollte, ge-dachte hier der Vergänglichkeit; eine Oase zum Innewer-den. Es herrschte ein Friede über dem Gelände, der die Kraft hatte, jeden noch so verhetzten Fußgänger zu besänf-tigen und mit philosophischen Betrachtungen zu infizieren. Seltene Tiere und Pflanzen waren zu entdecken, junge Sol-daten aus nichts als Milch und Blut tollten durch die blü-henden Wiesen, Wolfshunde jagten hinter Kaninchen her, und auch der eingefleischteste Pessimist sah, daß die Welt gut war.

Irgendwann begann die Mauer zu stören. Der Platz, auf dem sie stand, weckte in Bauunternehmern die Lust, dort Wohnblöcke zu errichten. Einkaufscenterphantasien beflügelten Spekulantenhirne. Kinokettenbesitzer empfan-den plötzlich Phantomschmerzen, wenn sie in Mauernähe kamen. Ihnen war, als ob genau hier ein Glied in ihrer Kette fehlte, ein Glied, das zu Unrecht in grauer Vorzeit an dieser Stelle amputiert worden sei. Ein Murren ging durch die Stadt. Bankdirektoren zitierten die Regierenden vor sich und drohten mit Kündigung der Kredite, wenn die Mauer, die sie fortan als »diese Schande« bezeichneten, nicht auf der Stelle entfernt würde. Die Volksvertreter beugten sich na-turgemäß, schickten die mittlerweile altgewordenen Arbei-ter und Bauern erneut los und ließen sie ihr Gesellenstück wieder abreißen, was natürlich vielen im Herzen weh tat. Kinder weinten, weil ihnen ihre Ballspielstätte drohte verlo-renzugehen. Kunstmaler, denen ihr Maluntergrund entris-sen werden sollte, schmissen mit Steinen die Windschutzscheiben der Baumaschinen ein. Rentner übergossen sich und ihre Hunde mit Benzin, setzten sich vor die Bagger und zündeten sich an. Es half alles nichts, die Mauer fiel. Ungezählte ihrer Verehrer trugen wehmütig Stückchen, Steinchen und Klümpchen davon zur Erinnerung nach Hause und legten sie dort zu den Locken anderer frühverstorbener Jugendlieben.

Das Gelände wurde planiert. Die Mauersegler flohen nach China. Bauriesen errichteten monumentale Paläste, Parkhäuser, Schwimmhallen mit Rutschachterbahnen, Autokinos, Go-Kart-Anlagen, Arenatheater, Schlemmerpylons, Kunst- und Eßtempel, und sie erklärten der Bevölkerung die Zwecke der verschiedenen Einrichtungen.

So ist aus einer Stadt, durch die zur Verwunderung aller einst eine Mauer ging, eine Stadt geworden, durch die, wie überall sonst auch, keine Mauer mehr geht. Die Kinder spielten nicht länger mit Bällen, sondern sie rutschten Erlebnisbahnen hinab und staunten, unten angelangt, abstrakte Kunst an, die in der Zwischenzeit dort aufgestellt worden war. Aus den Fonds schwarzer Limousinen wurden sie dabei mit Wohlgefallen betrachtet von den Bankiers – denen sie ihr Vergnügen zu verdanken hatten – und deren schönen Gattinnen, die in zartblassen Kleidern danebensaßen und wisperten: Ist es nicht zauberhaft, wie hier eine Mauer fehlt? Damit versuchten sie auszudrücken: Sind wir nicht alle der Meinung, daß es hier und heute schöner ist als dort und gestern? Ich liebe Gattinnen in zartblassen Kleidern und beeilte mich, o ja zu seufzen. Dafür wurde ich von ihnen hin und wieder ins Theater eingeladen, wo man seit dem Fall besagter Mauer mit einer stetig wachsenden

Ausgelassenheit konfrontiert wurde, einer Quiekvergnügtheit, einem Frohsinnsfeuerwerk, wie ich es nach dem Verlust eines solchen Monuments kaum zu erwarten vermutet hätte, lernte ich doch als Kind, daß Verluste schmerzen und daß – je nach Größe des Verlusts – eine längere oder kürzere Frist der Trauer eingehalten werden sollte. Das gilt aber offenbar nur für ländliche Regionen. In einer solchen bin ich aufgewachsen. Hier in der Stadt herrschen andere Sitten. Mit preußischer Disziplin feierte man auf Straßen, im Kino und im Theater das Verschwinden des Bauwerks in zunehmend aufgeheizter Fröhlichkeit. Von Jahr zu Jahr größere Kichererbsen kullerten über die Bühnen, heftigere Lachsalven wurden abgefeuert, die Köpfe der Akteure liefen blau an vor Begeisterung. Heiserkeit beeinträchtigte zuletzt regelmäßig die zweite Hälfte der Abende und verbog sie ins leicht Angestrengte, Gepreßte, gequält Ächzende hinein. Das Publikum wand sich dazu in Heiterkeitskrämpfen, schnappte nach Luft und hielt sich die Seiten. Hinterher stöhnten die Frauen in den zartblassen Kleidern und ich uns gegenseitig ins Ohr: Oh, ich kann nicht mehr! Was habe ich gelacht! Mich kannst du wegschmeißen.

Danach gingen wir zusammen essen in neueröffnete Restaurants, die inzwischen dort zu finden waren, wo eben noch in mondlosen Nächten Käuze geschrien hatten und Füchse umhergeschlichen waren. Die Restaurants führten so schöne Namen wie Olaf, Rüdiger, Palast der Sinne, Tempel der Sünde, Garten der Wollust, und wir bestellten mit Trüffelmousse gefüllte gebeizte Eulensäckchen, was mir gut schmeckte. Waren wir besonders übermütig, ließen wir eine Flasche aus der Region Saale Unstrut auftragen, einem

Weingebiet, von dessen Existenz hinter der Mauer wir bis vor kurzem nichts geahnt hatten und wo die Winzer unserer Überzeugung nach heute noch in Bärenfellen ihrer Arbeit nachgingen. Der Wein paßt recht gut zu Flußkrebsragout, das jedoch nur dann zu empfehlen ist, wenn die Flußkrebse vorher mit Entenleber gemästet worden sind. Das wissen nur die wenigsten Züchter. Die meisten verfüttern Hühnerklein. Davon werden die Krebse fad und verwechselbar. Man könnte dann glauben, Lottebacken aus der Tiefkühltruhe zu vertilgen.

Später setzten sich die Gatten zu uns, müde vom Finanzieren. Wir stießen an auf gutes Gelingen und hingen dem Gedanken nach, daß die Erde sich dreht und auf der einen Seite so viel Abwechslung bietet, wie sie auf der anderen Seite Verdruß und Verluste bereitet. Diese Einsicht hielten wir für philosophisch.

Wenn Leute von auswärts zu Besuch kamen, sagten sie noch jahrelang nach dem Mauerfall verschwörerisch lächelnd zu mir: Na, jetzt freuen wir uns aber, endlich die schönen Seen besuchen zu können, die draußen vor der Stadt im Grünen liegen? – Manchmal war ich nicht darauf vorbereitet und antwortete der Wahrheit gemäß: Nein, danke, ich möchte keine Seen betrachten. Ich habe schon etliche gesehen in meinem Leben und mich dagegen entschieden, an deren Ufer meine Tage zu verbringen. Die Feuchtigkeit zieht mir in die Glieder. Ich bleibe lieber, wo ich bin. Die Seen im Umland will ich nicht in ihrem friedlichen Daliegen stören. – Daraufhin wurde ich mißtrauisch gemustert, und man beharrte darauf, daß ich möglicherweise heute und morgen kein Bedürfnis nach Auen und Seen hätte, daß ich aber die durch das Verschwinden der Mauer gewonnene Möglichkeit, jederzeit hinaus in die Natur fahren und welche aufsuchen zu können, ohne Zweifel als einen Zuwachs an Daseinsfreude empfinden werde, oder etwa nicht?! – Gereiztheit breitete ihre dunklen Flügel aus, und ich beeilte mich zuzugeben, daß mein Freiheitsdrang in der Tat unbändig sei und ich mich, seit unbegrenzte Seenwahl bestehe, meines Lebens freute wie kaum ein zweiter, ja, daß mir das Atmen seither alles in allem nur noch halb so schwer falle. Das versöhnte die Leute von auswärts, und wir verabschiedeten uns im guten.

So kam ich in die einmalige Situation, Glück zu empfinden, wo ich nicht unglücklich war. Das ist ein wahres Geschenk. Man stelle sich vor: Man lebt so vor sich hin, und plötzlich springt einem ein nie vermißtes Glück in den Nacken, wie ein Äffchen, das sich dort warm und zart an einen schmiegt und allerliebste Schnurrtöne von sich gibt. Wer da nicht Dankbarkeit empfindet, ist ein herzloser Nero. Nun rechne man das zusätzlich hoch und versuche sich vorzustellen, wie es ist, wenn plötzlich Millionen von Menschen dasselbe erleben, dann hat man eine Ahnung von der Atmosphäre, die in Berlin zu jener Zeit herrschte. Ein einziges Glucksen dauernden Glücks lag in der Luft. Nachts war an Schlaf nicht zu denken, weil rundherum alles wohlig grunzte und stöhnte. Allein traute sich kaum noch einer auf die Straße, weil die aus dem Häuschen geratene Mehrheit drohte, ihn unter ihrer kollektiven Wonne zu zermalmen. Ist das nicht aufregend? Selbst literarisch hatte sich in Berlin endlich wieder ein Wind erhoben. Jahrzehntelang sei man mit nichts als nacktem Alltag abgespeist worden, hieß es. Jetzt werde endlich wieder Geschichte geschrieben, und zwar vom Leben selbst, das eine ähnliche Feder führe wie Alfred Döblin in seinem berühmtesten Roman. Wer sich kurzfristig dazu entschließen könne, eine Reise nach Berlin zu unternehmen, würde, wo er gehe und stehe, somit Döblin klappern hören, was ein unwiderstehliches Geräusch sei, ähnlich dem Gesang der Sirenen. Die Begeisterung war riesengroß.

Sie hat sich bis heute nicht gelegt. Endlich wieder einmal ins Zentrum des internationalen Interesses gerückt, strengt sich die Stadt an bis zur totalen Erschöpfung, diese Position auch zu halten. Humor wird gnadenlos weiterexerziert, Ernst mit Todesverachtung weitertrainiert und Genuß ohne Rücksicht auf Verluste weiterabsolviert. Die Empfindungsmuskeln sind zum Zerreißen angespannt. Es herrscht ein allgemeiner Gefühlskrampf, eine Forschheit, mit der das Leben angepackt wird, die auf Außenstehende beunruhigend wirkt. Doch das ist begreiflich. An Berlin klebt seit seiner Geburt das Pech, für alles und jedes zu spät zu kommen. Rom ist ewig da, Paris und London sind längst erwachsen, und die richtig Großen heben erst recht nur träge die Augenbrauen, wenn Berlin seinen Hauptstadtanspruch anmeldet. Man fühlt sich hier deswegen von Anfang an unsicher, fürchtet, nicht für voll genommen zu werden. Das erklärt die verhaltene Wut und die Mutlosigkeit, die überall in den Straßen hängt und nicht rauszukriegen ist: Man steht kurz davor, eine echte Stadt zu sein; man ist die ewige Vorstadt, ein bißchen öd, ein bißchen zu laut, gebläht vom Stolz auf etwas, das zwar nicht genau hier, aber doch immerhin in der Nähe stattfindet. Man führt sich auf wie ein Kind, das sich übergangen fühlt und deswegen mit vorlauten Witzen, Anmaßungen, falschen Schmeicheleien und beleidigtem Schmollen versucht, die Aufmerksamkeit und Zuneigung der Erwachsenen auf sich zu ziehen. Man gibt sich derb, knallt mit den Türen, läßt seine Muskeln spielen und ist überzeugt, solche Abgebrühtheit und Gefühlsresistenz seien die wahren Beweise für Urbanität und Weltläufigkeit. Man glaubt, in Grund und Boden stampfen zu müssen, was seine Botschaft nicht laut genug brüllt oder martialisch einschüchternd vorträgt. Was für ein Gedröhn! Was für ein wütender, laut skandierter, hämischer Unflat, der sich über die Einwohner ergießt! Dauernd schreit irgendein halbgebildeter Vorbeter dunkle Sätze, die an Nietzsche und Schopenhauer erinnern, irgendwo aufgeschnappt und falsch zitiert. Inhaltslose Hülsen werden durch die Luft geschleudert, Phrasenleichen, tote Wörter, von denen keiner mehr ahnt, was sie einmal bedeutet haben könnten. Immer ist mindestens einer da mit seinem Jahrtausendgebrüll. Die anderen sitzen heiser in ihren Ecken und schauen mit blutunterlaufenen Augen zu, sammeln ihre Kräfte, pumpen ihre Lungen auf, um – fühlen sie sich erholt genug – umgehend ihrerseits die Mäuler aufzureißen und alles daranzusetzen, den Vorredner niederzubrüllen. Es möchten einem die Ohren abfallen von dem infernalischen Lärm. Komplizierte Herzensangelegenheiten behält man da besser für sich. Beispielsweise ist es bis heute unmöglich für den »Schwierigen« von Hofmannsthal, in dieser Viermillionenstadt irgendwo eine Bühne zu betreten, ohne sie nicht auch sofort wieder fluchtartig verlassen zu müssen, weil das Publikum ihn in mißverstandenem Modernitäts- und Jetztzeitigkeitsgehabe vom ersten Wort an niedermacht und zerkichert. Das Leise findet hier nur schwer einen Raum und verzieht sich darum in der Regel. Entweder knattert die Fahne, oder sie hängt schlapp herunter. Zur Zeit knattert sie, Spannung liegt in der Luft, alles scharrt und kratzt in seinen Löchern, Dreck und blutige Hautfetzen fliegen durch die Gegend, und unbemerkt zerrinnen dazwischen die Augenblicke.

Es könnte der Verdacht aufkommen, ich halte diese sogenannte Stadt der Zukunft nicht für wesentlich. Das würde mir leid tun. Selbstverständlich ist sie nicht weniger wesentlich als jede andere. Nur haben die meisten anderen das Glück, nicht auf der Route des Zeitgeists zu liegen. Berlin, dieser wassertriebartige Riesensäugling mit den aufgedunsenen, bleichen Gliedern, hat sich, weil es für alles andere zu spät kam, auf die Zukunft spezialisiert. Was da ist, zerstört es, um dem Kommenden Platz zu machen. Somit lebt es in galoppierender Selbstauflösung. Kaum hat es sich von einer Katastrophe erholt, wird es auch schon von der jeweils nächsten heimgesucht und kahlgefressen. Ein bemitleidenswert verhetztes Ding voll nervöser Geschwüre und Abszesse, die es notdürftig vor fremden Blicken verbirgt; es dreht sich die Haare hoch, verbrennt sie in der Eile, überdeckt seine Narben mit billiger Schminke, pfuscht sich zurecht, grimassiert, spreizt sich, will gefallen, plustert sich auf und leidet dabei entsetzlich unter der panischen Angst und heimlichen Gewißheit, einmal mehr fallengelassen zu werden und in der Bedeutungslosigkeit zu versinken wie schon so oft davor. Es fürchtet nichts so sehr wie den Moment, da der Zeitgeist sich wieder sammelt, um weiterzuziehen. Das ist der Fluch, der auf dem Weg in die Zukunft liegt. Nichts darauf ist, was es

ist. Alles verweist immer nur auf das, was es einmal sein
soll. Jeder spekuliert auf das Kommende, sehnt sich nach
ihm, denkt über es nach, warnt vor ihm, schwärmt von ihm.
Das Brot erinnert an Pappe – morgen soll es besser schmek-
ken und knusprig sein. Die Straßen sind aufgerissen – näch-
stes Jahr sollen es breite, sonnige Alleen sein. Die öffent-
lichen Verkehrsmittel fallen aus – in drei Jahren sollen sie
schweben. Die Augen der Aktivisten leuchten zukunfts-
trunken zu solchen Versprechungen, ein stechend fiebriger
Glanz, ihre Stimmen beben prophetisch. Die ganze Bewe-
gung hat etwas Sektiererisches. Man glaubt an die Zukunft
wie an einen Meister, nennt ihn Fortschritt und opfert ihm
sein ganzes Dasein, sein Denken, sein Vermögen. Man mei-
det die Gegenwart, verläßt sie geradezu wie die Ratten das
sinkende Schiff. Niemand spricht vom Theater, das da ist,
von den Bäckereien, der Industrie, der Literatur und den
Filmen, die da sind. Man spricht davon, wer in drei Jahren
dieses oder jenes Theater übernehmen wird, welche Back-
ketten neu gegründet, welche Dienstleistungszentren neu ge-
plant werden, wer gerade welchen Film vorbereitet, wer an
welchem Jahrhundertroman schreibt – sind die Backketten
endlich geschmiedet, die Zentren fertig, kommen die Ro-
mane und Filme endlich heraus, dann ist das alles jeweils
längst passé, staubiger Alltag, Makulatur, man läßt es un-
geprüft fallen wie heiße Kartoffeln und konzentriert sich be-
reits auf die übernächste Zukunft, ja, man reißt intakte Ge-
bäude und fertige Rohbauten ab, stampft neue Romane und
Filme kurz nach Erscheinen ein, nur um immer noch neue-
ren, noch besseren Platz zu machen. Auf diese Weise wird
einem täglich vor Augen geführt, wie behelfsmäßig alles ist

im Vergleich zu dem, was es einmal sein soll, und in jedem wächst die Überzeugung, er verplempere sein ganzes Leben in nichts als Ersatz und Vorgeplänkel. Das mag zwar der Wahrheit nahe kommen, verursacht aber Überdruß.

Im Sommer, wenn die Tage lang sind und heiß, sitzt, wer nichts mit sich anzufangen weiß, draußen auf Bänken, Mäuerchen, Absperrungen, im Schatten von Bäumen oder Markisen, und wartet darauf, daß etwas geschieht. Meistens weht Wind, der durch die Art der Häuser und die Anordnung der Straßen und Plätze entsteht. Er treibt Sand und Papierfetzen mit sich, manchmal in Wirbeln, manchmal in Walzen.

Auch ich sitze dann oft auf einer Bank, gegenüber von der »Pizzastation Santa Fe«, über der die toten Fenster von »Jacqueline's Filmbar« liegen. Links führt eine sechsspurige Straße vorüber. Das Rauschen der Autos macht benommen. Ein Wartehäuschen der Städtischen Verkehrsbetriebe steht da. In seinem Schatten warten Frauen mit schweren Einkaufstüten. Auf der anderen Seite der Straße steigt eine mit Gerümpel übersäte Böschung an zu stillgelegten Geleisen einer S-Bahn-Linie, die irgendwann wieder in Betrieb genommen werden soll. Hinter mir liegt ein Platz mit einem modernen Brunnen mittendrin, der seit Jahren aus Kostengründen kein Wasser mehr führt, aber irgendwann wieder einmal plätschern soll. Einen Viertel des Platzes beanspruchen türkische Männer für sich, auf einem weiteren Viertel halten sich türkische Frauen auf. Dazwischen steht eine leere Bank als Schranke. Links und rechts davon klafft eine Lücke. Dort trippeln Tauben herum. Das letzte Viertel wird von Deutschen belebt, lachenden, grölenden, röhrenden Männern und Frauen der besitzlosen Klasse, die es miteinander auszuhalten versuchen. In den Fenstern der angrenzenden Häuser liegen ein paar Mieter und schauen zu. Alle halten etwas in den Händen, Tütchen, Dosen, Plastikbecher, fettiges Papier, aus dem sie trinken oder essen. Manchmal quietscht ein bremsendes Auto, selten wird ein Hund oder ein Kind angefahren und die Ambulanz kommt, einmal lag auf der Böschung eine kleine Leiche, und man kam sich vor wie woanders. Dann ist es in Berlin, wie in jeder Stadt, am schönsten: wenn man es aus Versehen mit woanders verwechselt.

# Ledertränе

Berlin vor der Mauer, Berlin hinter der Mauer, vierzigjährige schreibende Männer, Abschaffung des Erbrechts, die neue Linke, die neue Rechte, Ledertränе … Nein, leider werde ich nie aufgefordert, mich zum Thema Ledertränе zu äußern. Es werden immer die Fragen gestellt, die die Zeit halt gerade so mit sich schwemmt – Niedergang der Lesekultur, Wiedererwachen des Faschismus, Subventionskunst ja oder nein –, und regelmäßig fällt mir nichts dazu ein. Ich überlege angestrengt – einfach nichts; höchstens ein paar Gemeinplätze. Ich hege den Verdacht, bevor etwas zum Thema ernannt wird, ist längst alles gesagt und geschrieben, was es darüber zu sagen und zu schreiben gibt, oder es liegt zumindest alles in den Köpfen bereit: Die Themen sind reif, man braucht die Meinungen dazu nur noch abzuernten. 1995 wurde auch an den Solothurner Literaturtagen dieses Themenunwesen eingeführt: »50 Jahre nach Kriegsende«.

Meine Großmutter mochte mich nicht leiden. Nach ihrem Tod mußte sie mich dafür zur Strafe jahrelang als Schutzengel durch den Straßenverkehr begleiten. Ich konnte die Fahrbahnen überqueren, wann und wo immer ich wollte, sie mußte auf mich achtgeben. Das war sehr angenehm. Soweit ich mich erinnern kann, stand ich ungefähr fünfzehn Jahre lang unter ihrem Schutz, danach hatte sie ihr schlechtes Benehmen scheinbar abgebüßt und durfte aufsteigen.

Als mein Vater starb, schlüpfte seine Seele in eine Kröte. Die Kröte hockte mitten auf dem Feldweg, über den ich vom Aufbahrungshäuschen durch den nächtlichen Regen nach Hause ging. Es war finster. Ich wäre beinahe auf die Kröte draufgetreten. Erst im letzten Augenblick bemerkte ich sie, hob sie auf und setzte sie in den Acker nebenan. Eine Kröte im Vorfrühling fühlt sich eiskalt an und weich wie eine überreife Feige. Es scheint, sie hüpfte danach über die Felder hinauf zu unserem Haus, jedenfalls kehrte der Geist meines Vaters in dessen Keller ein und knistert seither dort unten herum. Offenbar war er zeit seines Lebens anständig gewesen zu mir, zumindest mußte er mich nach seinem Tod nicht als Schutzengel begleiten. Seit die Großmutter entwichen ist, bleibt mir nichts anderes übrig, als selbst auf mich aufzupassen.

Zurück zu »50 Jahre nach Kriegsende«. Wer dieses Thema aufgebracht hat, den werde ich vielleicht dereinst als Schutzengel durch den Straßenverkehr lotsen müssen, denn ich möchte ihn mit ätzendem Spott und nagendem Hohn übergießen, und Hohn und Spott sind bekanntermaßen verwerflich und müssen gesühnt werden. Doch ich kann nicht anders, als von beißender Ironie träumen und davon, die spitzeste Zunge zur Verfügung zu haben, um mit ihr das Thema und seinen Entdecker aufspießen zu können. Man stelle sich bloß all die Kriegsprosastückli vor, die nun in alle Zukunft drohen, zu diesem und ähnlichen Jubiläen dahergeklöppelt zu werden, all die kurzen Versuche über das bosnische Blutbad, die rumänische Metzellyrik, die letzten Krümel zusammengereimter Konzentrationslagererinnerungen, all die Betroffenheitsmimikry, die eimerweise angerührt werden wird, die ganze Gedenkposamenterie, die aus schlechtem Phantomgewissen künftig zusammengehäkelt wird, wenn möglich das meiste im Diminutiv, der in der Schweiz sein trauriges Schicksal als Sesam-öffne-dich zur gehobenen Literatur fristen muß, seit Robert Walser sich seiner in auffälliger Weise bedient hat, ach ... Ich verstehe nicht, wie jemand, der sich angeblich mit Lesen und Schreiben beschäftigt, auf so ein unseliges Motto hat kommen können. Es birgt nicht mehr poetischen Gehalt als beispielsweise das Wort Wende, das in Deutschland seit einiger Zeit ebenso erbarmungs- wie ergebnislos ausgequetscht wird.

Sicher, der Umsatz mit Kriegs- und Antikriegsprosa steigt von Jahr zu Jahr. Der Widerstand gegen Hitler wächst von Tag zu Tag, wie zu vernehmen ist. Die Gewinne, die damit erzielt werden, übertreffen alles bisher Dagewesene. Es gibt somit viele Gründe zum Feiern, ohne Zweifel. Und natürlich verstehe ich den Wunsch, in den Kreis der Nachkriegsgewinnler mit aufgenommen zu werden, um an künftigen Ertragsausschüttungen teilhaben zu können – auch ich hänge am Gold. Trotzdem schaffe ich es beim besten Willen nicht, miteinzustimmen in das dreifache Hoch auf den segensreichen Vater aller Dinge, wie der Krieg in einem Buch genannt wird, das glücklicherweise seine Zeit hinter sich hat – denn selbstverständlich ist ausschließlich er es, der Krieg, dem wir die prächtigen Gedenkaufsatzgewitter zu verdanken haben, die in letzter Zeit immer häufiger gesamteuropäisch auf uns niedergehen –, mit anderen Worten miteinzustimmen in den Jubel, der Zweite Weltkrieg, er lebe hoch! hoch! hoch!, das sollten wir, bei allem Respekt vor dessen Zeugungskraft, lieber unterlassen.

Anders die Ledertränе. Von ihr wissen wir nichts. Über sie können wir nirgendwo sonst etwas erfahren als in der Literatur (das Wort habe ich in einem Buch von Friederike Mayröcker kennengelernt). Darum lese ich gern: weil in Büchern Ledertränen vorkommen. Den Fall der Mauer will ich nicht lesen, der ist öde Wirklichkeit. Schriftsteller lassen sich leider immer wieder ins Tagesgewäsch hineinziehen, wo sie dann prustend und speiend mitschwafeln, daß einem hundeelend wird dabei; halbgare Kartoffeln im Mund. Ach, würden sie sich doch besinnen und von Ledertränen schreiben, von denen außer ihnen niemand etwas versteht, die sie aber nur dann entdecken können, wenn ihnen keiner dabei zuschaut, wie sie an ihren prosaischen Tischen sitzen, im prosaischen Licht des Tages oder der Lampe, wo sie mit entzündeten Augen wühlen in ihren Schädeln und eben plötzlich auf eine Lederträne stoßen, von der sie nicht wissen, was das sein soll. Sie heben sie ans Licht, betrachten sie, untersuchen sie von nahem, freuen sich darüber, denken, die könnte etwas taugen, und schaffen sie an die Öffentlichkeit. Eine Art Heinzelmännchen, die nicht funktionieren, solange jemand hinschaut; die nur heimlich und unbeobachtet ihrer Beschäftigung nachgehen können, ohne Auftrag; die nicht einmal sich selbst dabei zuschauen dürfen, weil sich sonst nichts regt im Kopf, auf dem Papier; die zwischen Wachsein und Schlaf schürfen. Ich habe einmal einen Dokumentarfilm über das Goldwaschen gesehen. Es geschieht an schmutzigen Bächen, im Morast, Schlick, an glitschigen Uferböschungen. Das ist die Umgebung für Dichter. Hier stehen sie und versuchen, auf Schätze zu stoßen, waschen Zeug aus der trüben Brühe, die träge durch ihren Kopf fließt, legen das eine oder andere zur Seite, reiben es blank, bringen es auf den Markt, bieten es an, und manchmal ist dann eben eine echte Ledertráne dabei, die die ganze Welt mit ihrem einzigartigen Glanz für kurze Zeit in ein besseres Licht zu rücken vermag.

## Kriegskolumne

### *»Es ist eine alte Geschichte, doch bleibt sie immer neu«: 1991, 2001, …*

Die Straßen sind überzogen von einem Hauch Schnee, dünn wie der matte, pelzige Flaum auf französischem Weichkäse. Ein kalter Wind weht. Auf dem Weg zur Arbeit geht vor mir eine Gruppe türkischer Mädchen. Im Fabrikgebäude, in dem ich mein Büro habe, ist in der zweiten Etage eine Koranschule untergebracht. Die Mädchen mit den Kopftüchern hüpfen und tun, was Mädchen in ihrem Alter auf schneebepuderten Straßen tun. Ich eile mit hochgeschlagenem Mantelkragen hinter ihnen her. Kaum biegen wir in den Gewerbehof ein, springt und bellt eine riesige schwarzweiße Dogge, die hinter einem Mauervorsprung im ersten Hof angekettet ist, die Schar vor mir an. Ein Pferd von einer Dogge, ein Rüde, der einen Teil der Mädchen um einen Kopf überragt. Sie stieben in jähem Entsetzen auf und davon, über die beiden Fabrikhöfe Richtung Treppenaufgang Nummer fünf, wobei eine einen himmelblauen Fausthandschuh aus Polyester verloren zu haben scheint, den ich aufhebe und mit dem ich hinter ihnen herwinke, ohne daß mir einfallen will, was ich rufen könnte. Die längste Zeit denke ich darüber nach, wie das Ding heißt, das ich da in der Hand halte. Endlich erinnere ich mich an das Wort *Fäustling,* das mir aber unter diesen Umständen ziemlich unsinnig vorkommt. Es würde die Mädchen möglicherweise bloß zusätzlich erschrecken, denn im Norden Berlins sind Kinder, ganz besonders dunkelhaarige, wenig beliebt. Es heißt, sie machen Lärm und beschmieren die Wände. Sie müssen daher jederzeit auf das Schlimmste gefaßt sein. Wenn eine Männerstimme, noch dazu aus Richtung Dogge, »Fäustling« rufen würde, dann würden die Mädchen voraussichtlich noch schneller davonrennen, weil sie aus Erfahrung jederzeit Schelte, wenn nicht gar Züchtigung befürchten. Also schwenke ich den Handschuh über meinem Kopf und murmle leise vor mich hin: Den hat einer von euch verloren, den hat einer von euch verloren – was sie nicht hören können, da sie wegen der Dogge vor Aufregung laut kreischen und hoppeln. Neben mir stehen drei Arbeiter, zu denen der Hund gehört. In deren Nähe bringe ich es nicht über mich, lauter zu werden. Irgendwie kommt es mir zu onkelhaft vor, dazustehen, einen Kinderhandschuh über dem Kopf zu schwenken und: Hier, den hat einer von euch verloren! zu rufen. Oder gar wie eine Sonntagsschullehrerin zu zirpen *eines von euch:* Hier, das hat eines von euch Mädchen verloren! – Nein, das geht wirklich nicht. Obwohl es natürlich absolut idiotisch ist, im Maskulin zu sprechen. Mädchen und Knaben gehen streng getrennt in Koranschulen. Es kann sich nur um ein Mädchen handeln, dem der Fäustling gehört. Wobei erschwerend hinzukommt, daß nicht eines auszumachen ist, das einen einzelnen himmelblauen Handschuh oder wenigstens eine dazu passende Windjacke trägt. Überdies kompliziert die weltpolitische Lage die Situation: Es herrscht wieder einmal eine aufgeladene Atmosphäre zwischen Moslems und dem modernen Westen.

Zufälligerweise wendet sich das hinterste der Mädchen kurz vor dem Treppenhauseingang um. Wahrscheinlich will sie sich die Dogge aus sicherem Abstand ansehen, erblickt dabei aber mich, der ich dastehe, mit dem himmelblauen Handschuh winkend und vor mich hinmurmelnd. Vorsichtig, auf Zehenspitzen fast, bleibt sie stehen, überlegt, kommt mir dann zwei kleine Schritte entgegen und wartet. Ich sage wieder: Hier, das hat einer von euch verloren – während ich es aufschreibe, komme ich mir zunehmend idiotisch vor, *einer* und *das* –, gehe auf sie zu und reiche ihr den Handschuh. Sie nimmt ihn wortlos und verschwindet damit im Hauseingang. Ich reiße übertrieben energisch zwei Holzbalken aus dem Bauschutthaufen, der da liegt, klopfe den Schnee ab, trage sie hinauf zu mir, zersäge sie, hacke sie klein und werfe sie in meinen Ofen, was das Ganze endlich seinem eigentlichen Sinn und Zweck zuführt, es zu einer veritablen Kriegskolumne schlägt und für eine große Tageszeitung tauglich macht, wie man gleich sehen wird.

Die Dogge gehört, wie erwähnt, einem der drei Arbeiter, die unseren Gewerbehof instand setzen. Sie liegt den ganzen Tag in einem rostzerfressenen hellgrünen Mercedes hinter beschlagenen Scheiben. Ein Kabel, das vom Baustromkasten abgeht, führt durchs vordere Seitenfenster ins Autoinnere, wo ein Elektroöfchen angeschlossen ist und brennt, damit die Dogge nicht friert. Einmal am Tag wird sie ins Freie gelassen und erschreckt dann türkische Kinder und Erwachsene, auf die sie abgerichtet ist. Elektrizität wird hierzulande durch Verbrennen von Öl, Kohle oder Gas erzeugt. Das Öl kommt vom Golf. Ich nehme an, damit treten die politischen Zusammenhänge, die hier geschaffen werden sollen, endgültig und für jeden sichtbar zutage. Ich mußte nämlich – allen wissenschaftlichen Voraussagen zum Trotz, nach denen das Klima zunehmend wärmer werden soll – Öl nachbestellen, weil es seit Tagen unangenehm kalt ist. Ich heize mit einem Öl- und zwei Holzöfen. Demnächst soll das Öl geliefert werden, und es bereitet mir Kopfzerbrechen, wie ich die Rechnung dafür bezahlen soll. Öl ist unverschämt teuer geworden (wegen des Satans Saddam, wie mir der Zeitungsmann eindringlich erklärt hat, bei welchem ich die großen Tageszeitungen mit den Kolumnen darin kaufe), weswegen ich mir heute erlaube, diese Zeilen zu schreiben, für die ich circa achthundert Mark zu erhalten hoffe (soviel wird das Öl ungefähr kosten), eine dieser Kolumnen zu einem dieser schwelenden Konflikte in einer dieser Regionen eben. Ich denke, damit meinen Beitrag zur großen Aufgabe des Augenöffnens unbedingt geleistet zu haben und mein wohlverdientes Honorar dafür einstreichen zu dürfen. Wäre es doch ungerecht, wenn gerade ich vom Profit ausgeschlossen sein sollte, der mit Kriegen allgemein gemacht wird, ich, der wohl ebensogut wie jedes andere Mitglied der sogenannten westlichen Zivilisation den Anspruch erheben darf, im globalen Ringen auf seiten der Gewinner zu stehen. Es sei denn, Gewinner ist, wie in alten Legenden berichtet, immer nur das Kapital, das sich nicht um West oder Ost, Freund oder Feind, Sieger oder Besiegte schert. Dieser kapitale Aberglaube soll, wie mein Zeitungsmann mir glaubwürdig versichert hat, mit der Überwindung des Kommunismus ein für allemal ausgerottet worden sein. Um sicherzugehen, daß das stimmt, schaute ich zu Hause in meiner Bibliothek nach. In einem der Bücher, die ich zu Rate zog, stieß ich auf ein zweitausendsechshundert Jahre altes Fragment von einem griechischen Dichter namens Alkaios. Es lautet: *Der Sinn soll sich nicht mit den Katastrophen herumschlagen,/ denn es wird uns in keiner Weise weiterbringen, wenn wir uns haben irreführen lassen …* Das machte mir meine kolumnistischen Hoffnungen madig, und ich legte den Entwurf zu den übrigen in die Schublade.

## Tagespolitische Kolumne

Seneca hat seine Karriere als Erzieher des römischen Kaisers Nero gestartet. Diesem bleute er Verzicht und Bescheidenheit ein, womit er, Seneca, steinreich geworden ist. Ein Mann, der sich in der Materie auskennt, erklärte mir des weiteren, ich würde bestimmt viele finden, die mit Respekt von Seneca redeten, er jedoch halte ihn für einen philosophischen Heuchler. Als Denker habe er, völlig unoriginell, bloß die Griechen aufgewärmt, und als praktischer Philosoph sei er ein Meister des Aus-der-Not-eine-Tugend-Machens gewesen. Es könnte sein, daß ich ihn im folgenden mit einem Schweizer Volksmusikmoderatoren verwechsle, aber ich meine, außerdem von ihm zu wissen, daß er frühmorgens Kaltes bevorzugte: Milch mit Eis oder Glace. Gemüse aß er keines. Sobald nur irgendwo am Horizont eine Tomate auftauchte, hat er sich schon geekelt. Am besten schmeckte ihm Kartoffelpüree und alles, was Hack ist, Hackkoteletten, Hackepeter und was es sonst noch gibt auf diesem Gebiet. Davon dann aber nicht zu knapp. Nicht nur ein oder zwei Kügelchen, Berge mußten es sein. Er wollte abstechen können. Wein trank er nur aus symbolischen Gründen, Schnaps gar keinen. Schlafprobleme kannte er nicht. Ob das Bett hart war oder weich, ob es im Zimmer stank oder Lärm herrschte – er schlief. Mit dem Geld, das er durch die Jahre angehäuft hatte, finanzierte er in seinen alten Tagen rohe Orgien, in die er sich voll unfroher Geilheit hineinzwängte mit winziger, violetter, ledriger Rute und gelben Zähnen. Nachdem endgültig nichts mehr zu holen war für ihn, mit etwa einhundert Jahren, wollte er, um der Nachwelt in guter Erinnerung zu bleiben, sich einen heroischen Tod erschleichen, einen würdigen Abgang, so wie er sich alles in seinem Leben erschwindelt und erlogen hatte. Es sollte eine große Inszenierung der stoischen Haltung werden und entwickelte sich zur Farce. Erst versuchte er es mit einem klassischen Selbstmord und schnippelte an seinen Adern herum. Die waren aber so ausgetrocknet, daß kein Blut floß; er war in Ehrgeiz und Bitterkeit vorzeitig verdorrt. Also befahl er, die Sauna einzuheizen und ihn dort einzusperren. Wieder passierte nichts. Die gegerbte Schwarte überstand auch das. Zuletzt bettelte er ein paar seiner Sklaven an, sie möchten ihn erwürgen. So ist er endlich unter den stinkenden Fingern eines ungelernten Hühnerschlächters verröchelt, und ich höre, daß der ehemalige russische Präsident Jelzin mit ähnlichen Widrigkeiten zu ringen gehabt habe, sich beispielsweise mehrmals in die Moskwa gestürzt habe ohne Erfolg – er sei regelmäßig von seinen Leibwächtern umgehend aus ihr wieder herausgefischt worden –, sich daraufhin in der Sauna eingesperrt habe, aus der er ebenfalls erbarmungslos wieder herausgeschleift worden sei. In seinen letzten Amtsjahren sei er weiter nichts gewesen als ein taperiger Greis, der nur noch eins gewollt habe, nämlich endlich verrecken, das aber nicht zustande gebracht habe, und ich fürchte, daß wir möglicherweise alle eines Tages in diese Situation geraten, was mir das Lachen gefrieren läßt. Der Informant, der mir von Senecas Tod berichtete, ist ein Herr mit Hintergrund, der solche Emporkömmlinge und

Eiferer, wie sie die Politik hervorbringt und braucht, nur mit Abscheu betrachtet, wobei ich mir verbiete, von Politik anzufangen, hiermit auch Senecas Tod lösche. Er hat nichts zu suchen und zu bedeuten, er ist mir bloß eingefallen, weil ich an meinem Zeitungskiosk gehört habe, der ehemalige russische Präsident Jelzin habe es nicht zustande gebracht, sich abzuschaffen. Er habe sich in die Moskwa gestürzt, sich in der Sauna verschanzt, sei aber immer wieder ins Leben zurückgezerrt worden, wo er zur Gaudi der Weltöffentlichkeit weiter den vertrottelten russischen Präsidenten abzugeben gehabt habe, was er voller Verzweiflung, schwankend und lallend, getan hätte, mit verzerrtem Gesicht, der Ruine eines ehemaligen Lachens oder Grinsens, und ich dachte mit Schrecken, vielleicht werde auch ich dereinst in Messer und Saunen fliehen wollen und von Häschern daran gehindert werden, bei denen ich um Erbarmen flehe, was keine schöne Vorstellung ist, eher eine graueneinflößende. Ich schleife meine Küchenmesser jeden Morgen, damit sie dann scharf sind und spitz und schnell. Ich pflege meine Pistole mit Ballistol und vergewissere mich, daß die Seen und Flüsse noch sind, wo sie waren. Einen ganzen Kanal hat man neulich zu meinem Entsetzen umgebettet. Wo ich früher am Ufer stand und Lastkähnen zuschaute, stehe ich heute vor dem Palast des Bundeskanzlers, der oben in seinem Büro sitzt und möglicherweise ebenfalls nach tiefen Wassern, sich darin zu ersäufen, Ausschau hält. Der Zeitungskiosk, wo ich mein Wissen herhabe, liegt an einer stark befahrenen Kreuzung. Eine sechsspurige Ringstraße zerschneidet eine vierspurige Chaussee. Der Zeitungsverkäufer ist ein aufgedunsener Mann mit starkem Nacken und gerötetem Weißbiergesicht.

Er trägt eine Nahkampfjacke. Am Ärmel ist ein Totenkopf aufgenäht, darunter steht ALLE ANDERN RAUS. In den Zeitungen, die er verkauft, steht Tag für Tag Seneca, Abendland, Griechenland, Mallorca, Prinz Charles, Handke, und manchmal ist ein weinender Präsident abgebildet, der eben gerade triefend aus einem Gewässer gezogen worden ist. Die Überzeugung, das hier könne als aktueller Kommentar zum politischen Tagesgeschehen verstanden werden, ist eine schwankende.

## Amateure, Autodidakten, Dilettanten, ich

*Ein Essay*

Ein Mann geht in einem roten Mantel bei Rot über die Straße, während ein roter Opel scharf bremsen muß. Das erlebe ich an einem regnerischen Nachmittag an einer Straßenecke.

Ankündigung: »Am 13. Juni um 15.45 Uhr findet an der Straßenecke XY die Aktion ROT statt«! Ich nehme teil. Zu sehen ist: Ein Mann geht in einem ROTEN Mantel bei ROT über die Straße, während ein ROTER Opel scharf bremsen muß. Ein regnerischer Nachmittag. Verstreut stehen ein paar Zuschauer an einer Straßenecke, unter ihnen ein Fotograf, der emsig knipst. Ein Jahr später finde ich in einem Kunstkatalog ein Bild, worauf das Geschehen festgehalten ist, mit folgender Erklärung darunter: »Aktion ROT, 13. Juni. Situationsbezogene Einflußnahme.«

Kunst ist das Andere.

Es gibt Scharlatane (meine Lieblinge), Kopisten, Paraphraseure, Selbsterfahrer, Dolomiten, Collageisten und was die Anthropologie sonst noch so anzubieten hat.

Es gibt AMATEURE, Liebhaber, die das Schöne schaffen, die sich erfreuen wollen. Eine heikle Angelegenheit: Unsere Gesellschaft verlacht Liebende. Sie verhöhnt Amateure, mißachtet das Gutgemeinte. Liebhabereien sind unbrauchbar, unnütz, nicht einzuordnen; Liebe ist verdächtig; Verliebte sind unberechenbar. Also werden sie aus ihren Löchern gelockt, man klopft auf die Büsche und treibt sie auf die Lichtungen, wo ihnen Ratschläge erteilt werden in Form von spitzen Sprichwörtern (etwa: »Wenn du einen Bären schießen willst, so schieß ihn«). Damit erregt man sie; sie werden unruhig, können sich nicht mehr erbauen am Schönen, können nicht mehr träumen, da man sie unablässig reizt und dazu treibt, ihre Träume ernst zu nehmen, sie anzugehen, sie runterzureißen zu sich, sie zu zerstören in der Wirklichkeit. Dabei ist nichts höher zu schätzen als jemand, der seine Träume bewahrt.

Viele von ihnen wurden so lange getriezt, bis sie es nicht mehr ertrugen und einen Roman niederschrieben, eine Symphonie niederkomponierten, ein Ölgemälde niedermalten oder einen Tanz niedertanzten – erbarmungs- und glücklos, nach ihrem Traum japsend wie nach Luft, während der vor ihren Augen zerfiel, denn das jammervolle, eklige, hingestümperte Ungeheuer von einem Werk, das schändlich grinsend unter ihren Händen entstand, konnte nie und nimmer ihren Traum vertreten! Wie verzweifelt sie dann mit ihrem Ergebnis in der Kulturlandschaft stehen, wie niedergeschlagen, wie hoffnungslos.

Es gibt AUTODIDAKTEN, eine seltene Art Amateure, Waldmenschen, Einzelgänger, die von der Gesellschaft kaum Notiz nehmen, die »blind sind vor Liebe«, »von der Liebe verzehrt« werden; die Unheimlichen, die aus freien Stücken jagen, die uns an ihrem Glück nicht teilhaben lassen – eben: andere. Die kriegen wir kaum zu Gesicht. Von ihnen erfahren wir nur durch Zufall. Meistens entgehen sie uns.

Es gibt DILETTANTEN. Zunehmend mehr entdeckt der arbeitslose Mittelstand in sich kreatives Potential, und je schamloser der Kunsthandel wird, desto selbstverständlicher fordern diese von keiner Not gedrungenen Laienkünstler ihren Anteil daran. Aus der Leere in die Leere werden Kinder, Möbel und Romane produziert, in der Hoffnung, darüber seinen verlorenen Selbstwert und – noch lieber – Mehrwert wiederzufinden. Auch eine Zeitfrage: Die Wirtschaftslage macht einmal mehr den Begriff »Genie« salonfähig (wie immer verdankt sich die Existenz von Genies gesellschaftlichen Bedingungen und Sehnsüchten). Zu einer Zeit, wo zwar alles lernbar ist – in Schulen, Kursen, Trainings und Workshops –, wo aber die Lehrabgänger auf verstopfte Arbeitsmärkte treten, bietet die Position des Genies – die lange verpönt war – eine rettende Ausweichmöglichkeit: das Genie, das mit einem Sprung alle Hürden nimmt und eine ungeheure Karriere erlebt. So hat sich eine schnell wachsende Gemeinschaft von wild um sich schlagenden Dilettanten gebildet, die – im Gegensatz zu den Amateuren – auf den Kunstmarkt drängen und platthauen, was sich dort in altmodischer Geistigkeit und mit zurückhaltender Würde versucht zu artikulieren. Die letzten Freiherren raffen die Röcke und räumen fluchtartig das Feld (ein vergnügliches Bild, wogegen nichts einzuwenden ist). Dazu kommt: Es mag jeder Mensch ein Künstler sein, soll es vielleicht sogar (die Welt wäre womöglich besser, wenn jeder sich zutrauen und zumuten würde, sie durch Kunst zu reflektieren), nur: Was jeder sowieso ist, kann das Selbstwertgefühl nicht heben; und ein Markt (mit der Chance, Mehrwert zu erwirtschaften) kann schon gar nicht entstehen, wenn die Ware, um die es geht, im Überfluß vorhanden ist. Angenommen, die Produkte der Dilettanten sind so gut oder so schlecht wie die, die seit je den Markt ausmachen und bestimmen und die seit je den Anspruch erheben, Kultur vorzustellen, dann kann und muß der Markt umgehend stillgelegt werden.

Kunst ist das andere. Sie hat mit dem Markt nichts zu tun. Wo sie damit zu tun kriegt, wird sie suspekt, beginnt zu schillern. Kunst strebt nach Unverwertbarkeit, Unverwechselbarkeit, Untauschbarkeit.

Der AMATEUR träumt vielleicht davon, einmal einen richtigen Bären schießen zu gehen. Er möchte aber keinen Bären zucken sehen müssen. Ein friedfertiger, liebenswürdiger Zeitgenosse; vielleicht sogar weise, denn die nichtgeschossenen Bären und die zu hohen Trauben sind allemal mächtiger und süßer als das erbärmlich zuckende Gewürm und das verfaulte Obst, was wir gewöhnlich aus den Wäldern vorgesetzt kriegen.

Wenn er in Ruhe gelassen wird, kümmert er sich wenig um Bären, Wälder und Kunst. Er freut sich an seinem Garten.

Der DILETTANT sitzt in den Gaststätten, wo er erzählt, daß die angeschleppten Bären und Trauben dünn und rachitisch seien im Vergleich zu dem, was er ranschaffen würde, falls er nur wollte. Eines Tages zieht er aus seinem Überdruß los und schießt und pflückt, was ihm über den Weg läuft. Ist etwas »Schönes« dabei, glaubt er, das sei Kunst und es gehöre entsprechend wahrgenommen und geehrt. Eine naive Kindermädchenwelt, worin einer, der etwas Gutes schafft, dafür beschenkt und gelobt wird – das mag eine Zeitlang funktionieren, wenn er Glück hat und wenn es nicht zu viele seinesgleichen gibt.

Kunst ist es, das andere zu suchen, sich zu entziehn, das Machbare nicht zu machen, die übriggebliebenen Unmöglichkeiten herauszuschälen und anzugehen in dem allgemeinen Gejohle und Besäufnis, beim ausgebrochenen Kunst-zum-Anfassen-Trubel. Bei der Kunstschwemme nicht mitzuschwimmen, um selber nicht bachab zu gehen.

Die Frage ist nicht, ob der Schwippschwager Miroslav ein abseitig anarchischer Violinist ist, der seinen Platz in der tageskulturellen Musikkarussellszene so gut wie jeder andere beanspruchen darf – selbstverständlich darf er das –, die Frage ist, ob er – wenn ihm sein Spiel wert und ernst ist – nicht dringend aufs Karussell verzichten sollte, um nicht davon fortgewirbelt zu werden, wohin er nicht will; ob er nicht sein Recht auf Persönlichkeitsschutz wahrnehmen sollte; ob Alltag nicht geschützt werden muß vor dem Zugriff der gleichmachenden Kultur-Inflation.

Es ist nicht so, daß eine allgemeine Verkunstung eingesetzt hätte: Laienkunst und professionelle Kunst nähern sich nicht an – vielleicht jedoch tauschen die beiden ihre Rollen: Der Fachmann räumt das Feld und arbeitet im geheimen, der Dilettant und der von der Gesellschaft gegängelte Amateur bestreiten den Markt, die »Kultur«. Die Produkte mögen sich ähneln.

Es gibt MICH. Ich besuchte eine Fotoausstellung zum Thema: DER DICHTERBESTAND UNSERER STADT; eine Sammlung der noch lebenden Dichter Berlins, wovon es zu meinem Erstaunen eine große Anzahl gibt. Eine aufmunternde Bilanz. Auch an Nachwuchs mangelt es nicht. Ein gesundes Gewerbe.

Der Ernährungszustand unserer Dichter ist gut. Die Bausubstanz ihrer Wohnungen ist zufriedenstellend bis ausgezeichnet. Die Inneneinrichtungen ihrer Zimmer erinnern an andere Inneneinrichtungen. Das Niveau der Dichterschuhe sollte im allgemeinen etwas angehoben werden, fiel mir auf. Ein einziger Dichter, ein junger, ist zu dünn; ein einziger – auch männlich – wohnt zu beengt. Zwei Problemdichter in einer Stadt – das ist zu meistern.

Getrost verließ ich die Ausstellungsräume und ging meines Wegs durch den nahe gelegenen Park. Es war ein sonniger Tag, wo man sich grundlos zuversichtlich fühlt; wieviel mehr nach einer so positiv ausgefallenen Bestandsaufnahme. Ich gelangte in die galerielose, ärmere Gegend der Stadt.

Berlin ist eine Reise wert, fällt mir da, nicht eben passend, ein.

Ich finde es begrüßenswert, vielmehr: Ich begrüße derartige Erhebungen. Ich freue mich bereits auf die nächste. Ich nehme an, es wird etwas Entsprechendes über unsere Schuhmacher und Schneider folgen (da die, wie die Schriftsteller, mit SCH anfangen). Wie sehne ich mich nach guten Schuhmachern und Schneidern! Immer wieder werde ich belogen und betrogen von Pfuschern, die sich als Fachleute ausgeben auf diesen Gebieten. Meine Schuhe wollte ich beispielsweise besohlen lassen. Der Satan von einem Flickschuster hat mir die Zwischenbrandledersohle heruntergerissen und dafür eine lächerlich-koreanische Gummisohle draufgeleimt; jetzt quietscht der Schuh! »Das mußte sein«, behauptete er, »sonst wäre der Schuh zu hoch geworden.« Beim Mantel sollten die Ärmel um einen Hauch gerafft werden, nun gehe ich durch die Stadt wie eine Verkehrswarntafel!

Darum freue ich mich auf die nächste Ausstellung. Denn ebensosehr, wie ich nach guten Dichtern begehre – die die Stadt offensichtlich in ausreichender Zahl beherbergt –, sehne ich mich nach anderen guten Menschen; eben nach dem anderen. Den Ausstellungsmachern wünsche ich weiterhin eine glückliche Hand.

Das Dichtergetränk ist der Schwarutee, wie ich bei dieser Gelegenheit erfahren habe. Ich bin Dichter. Meine Bücher werden in der algerischen Wüste gern gesehen. Ich hoffe sogar, bis Wien bekannt zu sein.

Warum ich Schwarutee sage, wo ich Schwarztee meine, liegt daran, daß das z und das u verhängnisvoll nah beieinanderliegen. So wie auch Tüte und Türe kaum auseinanderzuhalten sind. Das Leben eines Dichters ist ein glattes, neidverstäubendes. Er ist tagsüber einsam, solange er es für vorteilhaft hält, dann verläßt er sein Dichtergemach und besucht Freunde. Die Freundeskreise, die einen Dichter umgeben, sind warm und bunt wie Rettungsringe, in denen er sich behaglich treiben lassen kann durchs Wasser der Zeit. Kulinarisch sind sie hoch gebildet, menschlich rein. Wenn der Dichter abnimmt an Ruhm und entsprechend an Körperfülle, was ihm nicht zu wünschen ist, fällt er durch die Ringe und säuft ab. Dichter wird man ohne Anstrengung – ein kleiner, dreister Sprung, und schon befindet man sich auf der sonnenbeschienenen, sanftumwehten, weichgepolsterten Hochebene der Dichter und Denker.

Früher waren es Grafen und Barone – sogenannte Dichterfürsten –, heute sind es Bürger und Arbeitslose, die sich dort oben tummeln, wie bereits erwähnt. Noch ist es angenehm. Mein Name ist in aller Munde, nur mich kennt leider kaum einer. Wenn ich durch die Straßen promeniere, verneigen sich die wenigsten; ein, zwei Häuser vielleicht. Das schmerzt, aber ich gehe nur noch selten aus. Ich bin im Begriff, Schwarztee zu trinken. Der Tee stammt aus indischen und ceylonesischen Hochebenen. Ob dort auch Poeten hausen, weiß ich nicht zu sagen. Die Höhe über Meer wird der dichterischen ungefähr entsprechen. Wahrscheinlich ist Tee wegen dieser Höhenübereinstimmung zum Dichtergetränk geworden. Auch Wein liebe ich, besonders den roten. Der ist teurer.

Können Sie sich vorstellen, daß ein Poet Rattenfallen aufstellt, um Türkenkindern die Finger einzuklemmen? Ich sträubte mich dagegen, das zu glauben. Aber es ist eine Tatsache: Da Dichter sich erhöht aufhalten, befinden sich auch die Lichter, die ihre Wege beleuchten, in einer gewissen Höhe – naturgemäß. Nun soll es räuberische Türkenkinder geben, die nachts, wenn die Dichter schlafen, diesen die Glühbirnen aus den Fassungen drehen und stehlen. Am andern Morgen sind die Birnen weg. Um dieser Unsitte einen Riegel vorzuschieben, kam ein listiger Epiker auf die Idee, Rattenfallen an die Birnen zu montieren, welche zuschnappen, sobald die Birne bewegt wird. Die Kinder, da sie klein sind, können die oben angebrachten Fallen nicht sehen. Mit ihren ausgestreckten Ärmchen langen sie knapp hin – und schon schnappt die Falle zu; das Kind zuckt erschreckt zurück – und bleibt an einem Angelhaken hängen, der an der Falle befestigt ist. Der Angelhaken bohrt sich ins zarte Kinderhandfleisch, und dank des Widerhakens, der jeden Angelhaken zweckvoll ziert, kommt das Kind nicht mehr los, das diebische. Am andern Morgen kann man ihm in aller Güte erklären, wenn es da so hängt, daß es nicht stehlen soll. So kommen Dichter auch heute noch ihrem erfindungs- und belehrungsreichen Auftrag nach.

Dichter sind meist etwas unförmig, da sie einen Sitzberuf ausüben. Was sie herstellen, heißt Literatur und hat mit dem Leben wenig zu tun. Entweder hetzt sie ihm voraus wie ein junger Hund seinem Herrn, an jeder Ecke ungeduldig wartend, bis jener endlich nachgekommen ist – so ein Warten auf das Eintreten des Vorhersehbaren ruft Überdruß hervor. Oder sie schlendert Meilen hinter dem Leben her – was ebenfalls Überdruß hervorruft: Nachtrotten hinter längst Geschehenem. Oder sie springt woanders herum – auch das zum Überdruß, denn woanders ist es bekanntlich nicht besser. So sitzt er da, der unförmige Dichter, im Käfig des Überdrusses schwitzend, und kümmert sich weder um sein Leben noch um seine Form, da sie beide im Vergleich zu denen seiner papierenen Helden immer makelhaft bleiben werden. Eine Einsicht, die er nicht selten in Alkohol zu ertränken sucht, weswegen sein Sitzberuf auch oft die Dimensionen eines Trinkberufs annimmt.

Wenn man bei einem Dichter einschläft, darf man ihn dazu auffordern, sich umschulen zu lassen und seinen Platz auf dem Plateau freizugeben. Um dem zu entrinnen, lassen sich Dichter selten sehen. Dichtersein ist nämlich schön.

Im übrigen muß ich erwähnen, daß ich mich gelegentlich für eine arme Wurst halte. Daß es gerade eine Wurst ist, beruht darauf, daß an meinem Arbeitsweg eine Wurstbratbude steht, über der ein Schild WARME WURST angebracht ist. Wenn ich nun – einem besonders kühnen Gedanken nachhängend – an einem gewissen Punkt der Straße stehenbleibe, wird das Schild über dem Wurstpalais so hinterhältig abgedeckt, daß mir ARME WURST entgegenlacht, was ich auf mich beziehe. Dann soll hier noch der Gründer des Restaurants, in welchem ich einmal jährlich Beefsteak Tatar esse, aufgeführt werden: Er heißt Emil Bäcklein, was ein schöner Name ist. Des weiteren darf ich Filippo Lippi nicht vergessen, der ein ganz außergewöhnlicher Maler zu sein den Anschein erweckt, denn aus seiner Schule sah ich ein Bild, das ich jederzeit gern aus meiner Brusttasche ziehen und einer neuen Barbekanntschaft zeigen würde. Als letztes muß ich Stefan Hösl eine Rüge erteilen: Herr Hösl, was haben Sie bloß angestellt! Herr Hösl ist mein Lieblingsheld. Nun habe ich mich von ihm dazu hinreißen lassen, seinen Namen zu erwähnen. Von Helden sollte man aber keine Geschichten verbreiten. Man sollte sie unbeschrieben lassen. Sonst fühlt sich gleich jeder auf derselben Höhe mit ihnen – »Na Hösl! Wie sieht's aus?« wagt man ihm dann zuzurufen, obwohl man sich mit ihm sonst gar nicht zu unterhalten getraute. Selber schuld. Jetzt hat es ihn niedergerissen aufs Blatt, wo er jämmerlich quiekt. Dummer Hösl.

## Diese Momente

Diese Momente im Sommer, wenn die Sonne auf den Tisch scheint und ich lausche, ob draußen vielleicht eine Tür geht, ein Auto vorfährt, wenigstens der Wasserhahn im Hof tropft, der meine Aufmerksamkeit auf sich ziehen könnte – aber da ist nichts. Alles ruht in tiefstem Frieden. Ich betrachte meine Unterarme, suche, ob sich da möglicherweise störende Schuppen oder Haare abzeichnen, um die ich mich kümmern könnte, richte mich im Stuhl auf, atme tief durch und komme endlich zum Schluß, anstatt mich von Spinnweben überziehen zu lassen, sollte ich mir vielleicht besser wieder einmal die Stadt anschauen, in der ich lebe. Also setze ich mich in eine der Nahverkehrsbahnen, die auf Stelzen durch Berlin fährt, schaue aus dem Fenster auf Quartiere, Häuser, Wohnungen, Grünflächen, Spielplätze, Parks, Teiche, Gärten, Veranden, Männer mit Kindern, Frauen ohne Kinder, Jugendliche, Paare, Einzelgänger, Männer neben Frauen mit Kinderwagen, Alte an Stöcken, Krähen, Möwen, Autos, Fahrradfahrer, Busse, Kirchen – Sie wissen schon und so weiter –, und habe dabei das seltsam schwebende Empfinden, das seien alles nur Entwürfe für etwas, das wir Leben nennen; das seien bloß Modelle; das sei alles aus Papier errichtet; ein Wind oder ein Kind könne es wegwischen. Es rührt mich, mit welcher Sorgfalt da Gartenwege angelegt, mit welcher Emphase Balkone möbliert sind, mit welcher Entschiedenheit Straßen überquert, mit welcher Inbrunst Stühle vor Tische gerückt werden. Ganz leicht kommt die Stadt mir vor, ein Hauch, die Einwohner Luftbläschen, die mit tiefem Ernst Brötchen tragen und Grillwürstchen im Rauch wenden. Mit welcher Würde, mit welcher Ergebenheit jeder sich selber spielt, bis zum bitteren Ende. Was für wunderschöne Gärtchen wir anpflanzen mit Bäumchen und Bänkchen und Stühlchen und Sonnenschirmchen. Was für herrliche Wohnblöckchen mit zierlichen Treppenhäuschen und Schornsteinchen obendrauf, was für saftiggrüne Hügelchen dazwischen, was für Rutschbähnchen, was für Bierfläschchen, was für Messerchen! Die einen spielen torkelnde Säuferchen, die andern spielen kurzgeschorene Muskelmännchen, krawattentragende Prokuristchen. Mütterchen tauchen auf, einigen perlen Tränchen über die Wangen, die Chromstahlteilchen an den Krankenhausbettchen blitzen kostbar, und nicht einer, der sagt, ich verstehe mich nicht; nicht einer, der zu flattern beginnt; nicht einer, der übers Wasser entwischt. Alle bleiben und sind ganz ernst in ihrem Tun, ganz sicher in ihrem Glauben, daß dies eine Stadt sei, daß sie einzig dazu da seien, in ihr auf diese Art zu leben, Kinder zu kriegen, sich nach Balkonen zu sehnen. Eine heiße Welle von Glück über diese Sicherheit steigt in mir auf. Gleichzeitig steht die gnadenlose Sonne der Angst über mir, und ein umfassender Zweifel beginnt mich zu würgen, ob wir uns nicht vielleicht alle gegenseitig im falschen Leben halten, indem jeder die Ahnung, daß dies nicht das richtige ist, auf so tapfere Weise für sich bewahrt. Wir könnten gefoltert werden bis zum äußersten und würden trotzdem nicht preisgeben, daß wir nicht wissen, wer oder was wir sind, daß wir so sind, um keine Zeit und keine Gedanken darüber verlieren zu müssen, ob wir nicht vielleicht ganz anders sein könnten. Wir spielen unser selbsterfundenes Märchen und treten dabei keinem zu nahe aus Furcht vor der Wahrheit. Wir respektieren einander in unseren niedlichen Röckchen und Hemdchen, mit unseren angeklebten Bärtchen und angelernten Wörtchen und Sätzchen. Wir bestärken uns gegenseitig im Unwissen und hüten einander davor, ernsthaft danach zu forschen, wie wir wirklich sind. Und so rumple ich im Bähnchen durch das Städtchen, klatsche in die Händchen und freue mich so unmäßig, daß mir vor lauter Vergnügen ein paar Tröpfchen in die Höschen spritzen. Gegenüber sitzt ein Bürschchen mit wunderschön zartem Hälschen, an das ich mich ihm am liebsten werfen möchte, aber das unterlasse ich besser, denn es könnte allzuleicht mißverstanden werden. Der Schweiß steht mir auf der Stirn, und in schwindelerregender Tiefe lächelt das Grauen.

Oder diese Momente im Sommer, wenn sich alles verdüstert, wenn der Wind aufhört zu wehen und die Luft in meinen Ohren zu sirren beginnt, wenn die Wohnung ein dumpfer Ort wird und sich die Glasglocke darübergesenkt hat, wenn kein Echo mehr erklingt, kein Vogel mehr singt, wenn sich die Sonne verhüllt – nicht in Wirklichkeit, da scheint sie hell und freundlich wie zuvor, doch um mich her ist alles fahl, grau, finster. Ich sitze auf dem Stuhl, auf den es mich zuletzt verschlagen hat, liege vielleicht auf dem Kanapee, mein Kopf senkt sich Millimeter um Millimeter auf meine Brust, die Luft weicht aus mir, ich falle in mich zusammen, mein Blick klappt nach innen, ich bin schwerer, schwarzer Teig ... In solchen Momenten gelingt es mir manchmal in letzter Sekunde, alle Kraft zu bündeln, mich hochzustemmen und ins Entree zu schleppen. Die ganze Wohnung erbebt unter meinen Tritten. Ich lasse mich auf einen Hocker fallen, ziehe langsam einen Schuh an, dann den andern, mit einer großen Pause dazwischen, wuchte mich wieder in die Höhe, streife mir ein Jackett über und gehe hinaus. Das Treppenhaus ächzt unter meinem Gewicht. Draußen setze ich ein Elefantenbein vors andere, schwer und grau, im Kopf schwappt die Hirnmasse. Der Himmel bleibt unhell, die Ohren sind versiegelt mit Wachs. Ich gehe im Bleianzug auf dem Meeresgrund. Kiemenatmung. Wie soll ich den Zustand schildern? Jeder kennt ihn. Wenn plötzlich alle Lebensgeister ihn, den Baum, verlassen haben, in die Lüfte geflattert sind, um irgendwo zu kreisen, wo er nicht ist; oder sie sind ausgeschwärmt wie Bienen, die Lebensgeister, und ihm bleibt nichts anderes übrig, als auf die Suche nach ihnen zu gehen. Irgendwo wird er sie finden – möglicherweise den ganzen Schwarm auf einmal um die Königin wabernd –, und er kann sich glücklich über sie stülpen und ist wiederbelebt. Irgendwie so. Wem das passiert – was ein großes Unglück ist und keinem zu wünschen, doch manchmal muß es wohl sein –, der wird sich zu helfen suchen. Ich gehe in solchen Momenten in den nahe gelegenen Park, den Tiergarten. Ich habe die erstaunliche Erfahrung gemacht – erst in den letzten Jahren, früher wäre ich nie auf diese Idee gekommen –, daß ich dort meine Lebensgeister, meine Bienen, oft wiederfinde, manchmal alle, manchmal nur ein paar, aber immerhin. Ich setze meine Elefantenbeine eins vors andere, schwenke meinen Schädel von links nach rechts, ganz und gar benommen, die kurzsichtigen Nashornaugen nehmen kaum etwas wahr, doch allmählich klärt sich der Blick, wenn ich da so gehe, unmerklich, ich erkenne das leuchtende Rot einer Blume, nehme den Duft einer Baumblüte wahr, lasse meine Nase kitzeln vom Geglitzer der Sonnenreflexe auf dem dunklen, olivgrünen Teich, verfolge mit den Augen einen Schwan, höre Vogelgezirp in den Baumkronen, Hundegebell, Menschenstimmen, der Himmel geht langsam wieder auf, die Schleusen öffnen sich sozusagen, eine Maus raschelt im Laub, Mücken fliegen in mein Haar, Sonnenstrahlen wärmen meine Haut, Spinnfäden wehen mir übers Gesicht, das Blut schießt mir in die Adern, die Kieselsteine knirschen unter den Schuhsohlen, ein Fest findet in mir drin statt, die Brust schwillt an, es spritzt und lacht darin, als sei ich verliebt, voll und warm füllt mich der Park, als sei er mein Geliebter, auf den ich lange gewartet habe, mit dem ich die Ewigkeit vor mir habe, der mich nun in die Arme schließt. So stelle ich mir Lust vor. Kein Grund, mich entgeistert anzustarren oder gar aufzujaulen. Natürlich weiß auch ich von anderen Genüssen und habe bombastischere Lüste vorgeführt bekommen in meinem Leben. Aber von innen heraus wirklich empfunden habe ich sie erst in solch kümmerlichen Momenten. Das schießt dann in mich wie die Liebe, und manchmal denke ich, vielleicht gibt es die andere gar nicht, die große Lust, von der wir lesen, von der wir träumen. In Filmen sehe ich gelegentlich Darsteller, die den Rausch der Gewalt oder des Sex vorführen. Sie zittern am ganzen Körper, bäumen sich auf, schäumen und beben. Sie stecken ihre Glieder in aufgeschlitzte, dampfende Lämmer, deren Herzen noch zucken. Das warme Blut spritzt um ihre Hoden, sie verdrehen die Augen und zeigen das Weiße. Jeder kennt diese Männer und Frauen in Gummianzügen, die sich gegenseitig mit Kot salben und voneinander den Urin trinken. Die sich mit Zangen kneifen und mit Ledergerten peitschen. Oder die nackten Knaben und Mädchen, die gewürgt werden, bis ihnen die erstaunten Augen aus den Höhlen treten. In jedermanns Nähe wird der eine oder die andere Finanzamtsangestellte abends auf ihrem Heimweg in aller Wirklichkeit abgeschlachtet, aus nichts als dem brennenden Bedürfnis heraus nach etwas mehr Abwechslung und Außergewöhnlichkeit im grauen Alltag. Und ich gestehe, daß auch mir derartige Sehnsüchte stark vertraut sind. Doch die gepeitschten, gewürgten, blutenden und angepinkelten Lustvorführer kommen mir oft geradezu nüchtern vor in ihren faltigen Gummihäuten. Sie stöhnen und seufzen zwar gut vernehmlich, aber es wirkt auf mich, als erstickten sie nach wie vor beinahe unter der Glocke, die sie abzuwerfen suchen. Diesen besagten Rausch wirklich zu erleben – ich werde rot vor Scham, während ich's gestehe –, ihn wirklich zu erleben meine ich dann, wenn ich an einem dieser Tage der Lähmung in den Tiergarten wanke und dort den geschilderten Schuß Leben verabreicht kriege. Manchmal bin ich wie von Sinnen, wenn ich spüre, daß der Alp weicht.

## Panetone

Von einem Panetone wäre längst die Rede gewesen, wenn in diesen Seiten Disziplin herrschte, von der ich die schönsten Vorstellungen hege, Borddisziplin gewissermaßen: Da hat einmal ein edelgliedriges Paar zu Weihnachten einen Panetone der Marke Motta geschenkt bekommen, weil sich das in ihren Kreisen zu jener Zeit so schickte. Die junge Frau mit den pudrigzarten Armen und den marzipanweichen Waden kümmerte sich um die Schachtel. Während sie aus dem Taxi stieg und ihre Taubenfüßchen durch die Bahnhofsvorplatzpfützen tappten, ließ sie das luftige Hefegebäck am Bändchen mitleiderregend im Winterwind tanzen... (Ich kann nichts dagegen tun, mir bläht sich der Bauch beim Gedanken an diese Sorte Kuchen, und es stoßen mir lauter süße Adjektive auf.) Der Begleiter des zarten Wesens war ein kräftiger Mann mit Wangenhaut wie Trommelfell. Am liebsten hätte ich die beiden verspeist, sie als Belag auf ihm, so saftig und kroß kamen sie mir vor, wie sie da vor dem Wartesaal wieder ins Bild traten. Als er die Tür aufstieß, war eine Lautsprecherstimme gerade im Begriff mitzuteilen, ihr Zug habe fünfundzwanzig Minuten Verspätung. Mit schmerzgebeugtem Lächeln ließ der Bräutigam die Tür daraufhin wieder zufallen, wandte sich um und reichte seiner Braut den Arm, den sie mit traurigen Augen ergriff – dem Betrachter kam unweigerlich ein scheues Waldtier in den Sinn. Die beiden setzten sich ins Bahnhofsrestaurant, wo er für sich eine Portion Räucherlachs und für sie einen Eierpfannkuchen bestellte. Nachdenklich musterten sie, was auf den Tisch kam, pickten daran, ließen es dann kopfschüttelnd stehen, legten Geldscheine daneben, warfen sich die Mäntel um ihre Marmorschultern und gingen auf den Bahnsteig, wohin sie der Panetone traurig baumelnd begleitete. Dort angelangt, sagte die schöne Fee, diese dämliche Schachtel lasse ich hier stehen. Soll sie eine jener Jammergestalten finden, wie sie zur Weihnachtszeit zu Hunderten in Bahnhöfen herumlungern. Sollen die sich den Müll hineinstopfen, ich kriege ihn nicht runter. Ihr Begleiter lächelte mild und einverstanden. Sie blickten sich verstohlen um, stellten die Verpackung mit der italienischen Festtagsspezialität auf einer Perronbank neben den Abfalleimer und machten sich aus dem Staub, indem sie den Zug bestiegen, der sie Richtung Süden, Sonne, Hanglage, Zimmerfluchten und Kitchenette bringen sollte.

Zwei Ausgemerzte kamen dahergeschwankt, die eine kahl, der andere zahnlos. Sie sahen die Schachtel, blickten sich suchend um, in der fatalen Gewißheit, irgendwo deren Besitzer zu entdecken. Doch der Bahnsteig war leergefegt, der Zug war eben abgefahren. Die beiden schnappten die Schachtel und sagten sich, die können wir gut gebrauchen. Wir bringen sie mit zu dem Weihnachtsempfang unserer Freunde, die doch nichts anderes sind als elende, bejammernswerte Trunkenbolde und Schreihälse. Sollen die sich das Zeug in ihr dummes Maul werfen. Das ist nämlich ein Panetone, wie man sie einander in Italien zu dieser Jahreszeit mitbringt, also ein durchaus angemessenes Gastgeschenk, das uns der Zufall da in die Hände gespielt hat.

Sie untersuchten die Verpackung. Die war rundum in Ordnung. Also ergriff die Kahle das Bändchen und schlenkerte den Kuchen begeistert durch die Luft. In der Unterführung mußte sie kurz austreten. Als die beiden bei ihren sogenannten Freunden, den elenden, bejammernswerten Trunkenbolden und Schreihälsen, ankamen, wußten sie längst nicht mehr, daß sie eben noch ein Mitbringsel besessen hatten – es war auf dem Handwaschbecken der Bahnhofstoilette stehengeblieben, wo eine südländische Putzkraft es entdeckte und dachte, schau an, ein Panetone! Was für eine Überraschung! Mir steigen die Tränen des Glücks in die Augen, ist doch der Panetone das, was man sich bei uns daheim in diesen Tagen als Zeichen inniger Verbundenheit gegenseitig mitbringt, um es zusammen mit einem Glas Spumante um Mitternacht zu vertilgen! Die schönsten Weihnachtserinnerungen schießen mir durch den Kopf. O Heimat, o Heimweh! Sie faßte die Schachtel vorsichtig an, wischte den Boden trocken, klopfte an die Klotüren und horchte, doch niemand war da. Der Panetone gehörte ihr. Nun habe ich doch noch etwas für zu Hause, dachte sie selig, und wir stehen kurz davor, im Fremdarbeitermilieu Zeugen einer herzzerreißenden Familienfeier in englischer Manier zu werden, etwas Europäischem also, doch lasse ich lieber vorher einen schwergewichtigen Rentner im O-Bus sich auf die Schachtel setzen, sagen wir aufgrund einer kräftigen Bremsung des übellaunigen Fahrers. Der Kuchen ist hin, die Klofrau kurz betrübt, und Schluß mit der Angelegenheit. Ich will weg aus dem Nieselnorden, hinunter in den Süden, wo das edle Paar gerade dabei ist, zwei frische Feigen nebst Parmaschinken zu vertilgen. Dazu trinken sie einen schweren Portwein, den ich heute noch als etwas Köstliches empfinde, obwohl er längst zum Gewöhnlichen gerechnet wird. Ich lasse mir nicht alles und jedes als ordinär abtun und aus meinem Leben streichen, bloß weil es auch andere für sich entdeckt haben. Soll mich belächeln, wer will, Portwein zähle ich zum Schönen, Guten und Wahren im Leben.

## Mein Freund, mein gusseiserner Ofen

Die Wände, auf die mein Blick fällt, wenn ich ihn hebe, sind mit den Jahren trüb geworden. Dort, wo kleine Erhebungen vorbauchen, setzte sich Staub fest. Sonst ist alles, wie es immer war. Seit Jahren registriere ich das Dröhnen der Flugzeuge im weißen, blauen, grauen undsoweiter Himmel, ihr Grollen, ihr fernes Brummen. Der Flughafen ist, wo er vor Jahrzehnten schon war. Möglicherweise sollte ich woanders hinziehen, um künftig mit Wiesen, Flußauen, Hügeln, Schlangen oder Sternen aufwarten zu können. Die Flugzeuge dröhnen, seit ich mich erinnern kann. Meine Frist läuft ab, und ich werde am Ende auf nichts als weiße, dann wolkig vergilbte Wände geschaut und aus ihnen meine falschen Schlüsse gezogen haben. Könnte es vielleicht sein, daß ich das eine oder andere im Leben dunkler, schattiger, kühler gesehen habe, als es hätte gesehen werden können, wenn ich beispielsweise ein paar Etagen höher gezogen wäre, wo die Welt luftiger und lichter ist, von Vögeln bevölkert und Wolken und Wind? Der große, gußeiserne Fabrikofen, den ich täglich vor Augen habe, erklärt mit Sicherheit nicht die ganze Welt. Er ist kein Bild für sie. Er steht bloß in meinem Blickfeld, und so werden von mir in alle Ewigkeit nichts als gußeiserne Ofenansichten zu hören sein. Mein Kaiser von Rom gleicht einem gußeisernen Werkstattofen, meine Geliebte gleicht einem schiefen Ofenrohr, ihre Haut ist samten wie alte Wand, ihre Augen erinnern an schwarze Fabrikfenster. Meine Welt ist eine vermauerte, nordöstliche. Dabei bräuchte ich bloß den Kopf zu wenden, um Südwesten zu erblicken und geblendet blinzeln und niesen zu müssen. Meine Frist läuft ab, und ich nahm mir kaum richtig die Zeit zu betrachten, was mich im einzelnen wirklich umgibt, geschweige denn, was sich in der Ferne bietet. Obwohl ich doch weiß, daß all meine Schlösser und Seen, meine herrschaftlichen Wohnungen und Piratenschiffe nur diesen einen Raum abbilden, würdige ich ihn kaum eines längeren Blicks. Um mir einen sprachlichen Hüpfer zu erlauben, der die Laune hebt: Meine Erkenntnisse würden anders ausschauen, hätte ich den Titicacasee vor Augen gehabt. Sollte ich möglicherweise die Koffer packen und mich woanders hinbegeben, oder liegt es am gleichbleibend weißen Papier, daß sich die Welt ausnahmslos auf eine Fläche von 20,9 mal 29,7 Zentimeter zusammenzieht, sobald ich sie mir vornehme? Sollten wir leben, Fragezeichen, sollten wir leben … Dieses tröstliche Wir, das mir in Momenten der Schrecken und Finsternis jeweils zu Hilfe eilt. Solange niemand da ist, der mich darauf aufmerksam macht, daß kein Anlaß dazu besteht, zufrieden zu sein mit mir, fühle ich mich ausgeglichen zwischen diesen Wänden, die ich anschaue, ohne sie zu sehen. Ich verbringe das Leben damit, meine Kleider aufzubrauchen. Ist etwas endgültig durchgewetzt, erfüllt mich das mit Genugtuung. Meine Laune ist im allgemeinen abschließender Natur. Ganz selten geschieht es, daß ich mich mit jemandem treffen muß. Doch wenn, dann durchzuckt mich so etwas wie Aufbruchsstimmung, und ich rasiere mich. Danach komme ich mir vor wie neu gekauft. Zur Begrüßung sage ich scherzhafte Worte, die sich, kaum sind sie meinem Mund entwichen, als verletzende Zweideutigkeiten entpuppen. Die Katastrophe ist nicht aufzuhalten und bricht über uns zusammen. Wovon sprach ich? Von den Wänden, dem Ofen, davon, daß dieser Raum mich ausmacht und im Lot hält. Solange ich mich darin aufhalte, falle ich nicht. Im Kopf spuken zwar gelegentlich Bosheiten, Neid und Häme, die mich aus dem Gleichgewicht bringen könnten, doch sie verwandeln sich in dieser Umgebung hier allesamt in bleischwarzen Guß, werden stumpf und schwer. Sie stehen vor mir, der Neid, die Eifersucht, setzen Gewicht an, verlieren an Kälte und Schärfe, werden liebe, dumme Bulleröfen, sprachlos, roh und ungefährlich. Will ich jemanden angreifen oder einen Mißstand geißeln, kommen Klumpen heraus, Schlacke. Die trübgewordenen Augen können die Konturen des gehaßten Gegenstands im Zwielicht nur ungenau erkennen, alles ähnelt dem Ofen. Meine taube Zunge vermag die Wut nur ungefähr zu lallen: Wand, Mauer, Ofen. Ich sollte fortziehen, in gleißende Helle, da würde ich erfahren, ob alles überall immer gleich unlösbar einfach ist, ob der Russe haßt und stampft und lallt, wie der Inder haßt und stampft und lallt, ob überall ausgebessert und geflickt wird am Leben, mit lächerlichen Behelfswerkzeugen. Und ich würde mich dareinschicken, daß ich nicht wegzufahren brauche, um zu erkennen, daß das Leben selbstverständlich kein Gußofen ist, daß es aber nicht am Gußofen liegt, wenn ich meines nicht verstehe, an den Flugzeugen nicht und nicht an den Wänden, daß ich besser daran tue, nicht weiter darüber nachzudenken, sondern lieber von meinem

Freund zu sprechen, mit dem ich so gern spiele, der durch sein Haus schlurft, wenn ich ihn besuche, sich neben mich an den Tisch setzt, nachdem er mir den Platz mit der schönsten Aussicht zugewiesen hat, mich anschaut, als sei mir zu trauen, mir eingießt, neben mir sitzt, knistert, mich wärmt, während es draußen Abend wird. Das war das Thema dieser Seiten, mein Freund, mein gußeiserner Ofen, der Rat, gelassen zu bleiben und mich glücklich zu preisen über die Menschen, denen ich am heutigen Tag begegnet bin. Sie haben mir gefallen. Zum Teil schliefen sie im Stehen und waren also besonders freundlich. Andere schauten mich müde an und waren froh, daß ich sie in Frieden ließ. Es war ein herrlicher Morgen, sehr entspannt. Ein angetrunkener Mann, der neben mir ging, wurde niedergeschlagen. Es ist ihm nichts weiter passiert. Das Geräusch einer Faust, die in ein Gesicht kracht, und einer Kassenbrille, die unmittelbar darauf am Boden aufschlägt, gefolgt vom dumpfen Plumpsen eines menschlichen Körpers, weckt ungute Ahnungen. Doch brauchte ich mich nicht zu sorgen. Der Angetrunkene rappelte sich ohne fremde Hilfe wieder auf die Beine und taumelte seines Wegs, der Boxer entfernte sich in die entgegengesetzte Richtung. Die beiden werden sich kaum wieder in die Quere kommen. Ich genoß, wie sich alles zum Guten wendete. Das Glück ist nicht leicht in Worte zu fassen, doch habe ich den Eindruck, es sei mir hiermit gelungen.

## Inhalt

## Quellenhinweis

Am Meer (*erstveröffentlicht in* ausdruck, Juni 1995)
Roman und Ramona, der unsichtbare Film (*erstveröffentlicht in* Berner Anthologie, Herbst 1998)
Die unergründbare Elektrik (*erstveröffentlicht in* BUND, 5. November 1988)
Das Cello (*erstveröffentlicht in* FAZ, Berliner Seiten, 4. März 2000)
Der Besuch (*erstveröffentlicht in* NZZ, 16. April 1996)
Sommer (*erstveröffentlicht in* Berner Zeitung, 25. September 1994)
Der weinende Sänger (*erstveröffentlicht in* NZZ, 5./6. Dezember 1992)
Balz (*erstveröffentlicht in* Texte aus dem Aargau 1997)
Der Professor (*erstveröffentlicht in* Aargauer Zeitung, 20. Oktober 2001)
Der Brief an die Genfer (*erstveröffentlicht* französisch in »Le Passe-Muraille«, Nr. 47–48, Juli 2000, Lausanne, deutsch in »drehpunkt 110«, August 2001)
Warum ich Robert Walser mag (*erstveröffentlicht in* Mitteilungen der Robert Walser-Gesellschaft Zürich, März 2000)
Leg dich hin (*erstveröffentlicht in* »drehpunkt 93«, November 1995)
Reichstag, Berlin (*erstveröffentlicht in* NZZ-Folio Nr. 12, Dezember 1991)

Die ewige Vorstadt (*erstveröffentlicht in* »Remake Berlin«, Fotomuseum Winterthur, November 2000)
Amateure, Autodidakten, Dilettanten, ich (*erstveröffentlicht im* Katalog zu HERZBLUT, Ausstellung im Kunstgewerbemuseum Zürich, 1987)

Alle übrigen Texte sind Erstveröffentlichungen.